KB153166

SPECTACLE FANTASY STORY
날망 판타지 장편소설

황제는 살고싶다

황제는 살고 싶다 제1권

초판 1쇄 인쇄일 | 2022년 04월 06일
초판 1쇄 발행일 | 2022년 04월 13일

지은이 | 날망
발행인 | 임광순

기획팀 | 이기일, 이종혁, 이경근, 정현웅, 이승준
디자인팀 | 박창수, 신지혜

펴낸곳 | 영상출판미디어(주)
주소 | 21315 인천광역시 부평구 부평대로 283, 부평우림라이온스밸리 7층 A-702호(청천동)
전화 | 032-505-2973(代) | **FAX** 032-505-2982
등록번호 | 제 2002-000003호
홈페이지 | www.ysnt.co.kr
E-mail | ysnt2000@hanmail.net

ISBN 979-11-380-1262-1
ISBN 979-11-380-1261-4 (세트)

황제는 살고싶다

1

황제는 살고 싶다

제1장
게임 속으로

확장현실(XR) 시대가 열렸다.

이는 가상현실(VR)과 증강현실(AR)을 아우르는 초실감 기술을 의미한다.

XR의 핵심인 정교한 디지털을 바탕으로 완벽한 현실감을 제공할 수 있는 콘텐츠가 개발되고 있는 중이었으며, HS 미디어는 포비아 킹덤을 통하여 이를 구현했다.

홀로그램을 완벽하게 재현할 수 있는 홀로렌즈가 다소 고가에 속하지만 시각, 음향적으로는 현실과 구분할 수 없는 게임이 탄생하여 전 세계 게이머들의 기대를 받고 있는 중이다.

드디어 내일이 되면 포비아 킹덤은 베타 테스트를 진행한다.

입사 15년 차 개발 부장이자 이번 프로젝트를 이끌었던 강현수는 나름 소소하게 개발자 버전의 베타 테스트를 준비하고 있었다.

물론 말이 개발자 버전 테스트이지, 그저 게임에 미쳐 살아가고 있는 강현수가 게임 내에는 선택할 수 없는 클래스로 플레이하기 위하여 에디터를 사용한 놀이였다.

개발에 참여한 많은 개발자들이 게임을 테스트한다는 명목으로 에디터를 사용하였는데, 강현수의 버전은 그 중에서도 꽤 특별했다.

"선배, 이야기 들었어요. 킹덤의 황제 버전으로 에디터를 만들었다면서요?"

"응? 소문이 벌써 그렇게 났나?"

"해 본 사람들이 욕하는 소리를 들었거든요."

윤소라가 희미하게 웃었다.

회사에서 만난 동료이지만 사내에서는 거의 부부처럼 서로를 챙겨 주는 존재였다.

한때는 윤소라와 미묘한 관계에 있을 때도 있었지만, 지금은 철저하게 업무 내용에 대해서만 다루었다.

강현수의 버전은 딱히 개발자들 사이에서는 비밀도 아니었고, 플레이를 해 본 사람들은 욕을 하며 게임을 종료했다고 한다.

정작 버전을 에디터 했던 강현수는 마감에 치여 사느라

해 볼 시간이 없었다.

하지만 이젠 마감도 끝났고 내일부터 베타 테스트이니, 어떤 문제가 발생되기 전까지는 휴가나 마찬가지였다.

강현수는 휴가 내내 게임을 할 생각으로 들떴다.

"그렇게 극악은 아닐 텐데?"

"무슨 말씀이세요? 이건 다운그레이드 수준이 아니던데."

"그거야 상대적인 개념이지. 타로스 황제의 능력이 다 깎여 나갔다고는 해도 한방기는 보유를 하고 있잖아. 휘하에 15만 중앙군과 3개 기사단까지 있는데 못 할 이유는 또 뭐람?"

"원래의 능력을 생각해 보세요."

포비아 킹덤의 라스트 보스, 타로스 황제.

포비아 제국의 정점이었으며, 라스트 보스인 만큼이나 게임 내 모든 콘텐츠와 파밍이 완료되지 않고는 절대 이길 수 없는 괴물이었다.

상대를 즉사시킬 수 있는 한방기를 보유한 것은 시작에 불과하다.

절대 방어 보유, 각종 원소에 면역, 마법 무효화, 초공간 이동, 각종 전설 템으로 무장 등등.

그냥 육체적인 능력만 해도 어찌해 볼 수가 없는 괴물이었다.

황제가 가진 권력도 큰 장벽이다.

휘하에 50만 중앙군을 보유하였고, 중앙군을 움직이는 지휘관이자 강력한 무력을 보유한 10개 기사단이 절대적으로 충성한다.

또한 수많은 직할령에서 나오는 세금과 제국 전체를 통제할 수 있는 정보부 등.

제국 자체가 황제를 중심으로 움직인다고 봐도 과언이 아니다.

여기에 타로스 황제에게 '불멸'이라는 호칭이 붙은 것은 그가 300년 이상을 살아온 괴물이기 때문이다.

공식적으로는 나이 불명.

포비아 황제로 플레이하는 것은 단순한 깽판이 될 가능성이 농후했다.

그렇다면 약간 하드코어하게 조절을 하면 된다.

육체의 능력은 단 하나, 한방기인 '파워드 킬' 스킬 하나만 주어진다.

권력도 대폭 축소됐다.

휘하에 있는 15만 중앙군으로는 대외 전쟁을 수행하기는커녕 거대한 제국을 유지하기도 벅찼고, 기사단은 3개에 불과했다.

재정은 파탄 직전이었으며, 정보부는 귀족들의 반란을 알아차리지도 못할 만큼 빈약하다. 여기에 귀족들은 호시

탐탐 황위를 노린다.

물론 이렇게 하면 설정의 오류로 인하여 게임 내에서 무슨 일이 벌어질지 알 수 없었지만, 이 또한 하나의 재미 요소다. AI가 에디터로 인한 오류를 어떻게 처리하는지도 실험 대상이었고 말이다.

"클리어가 가능하다는 걸 보여 주지."

"선배, 원래 포비아 킹덤의 목표가 황제의 죽음과 대륙 평화잖아요? 그게 엔딩인데 선배가 만든 에디터의 목표는 뭔가요?"

"똑같지. 제국 내부의 적과 외부의 적을 모두 쳐부수는 거지."

"후후, 그런 목적이래서야 1차 테스트 끝날 때까지 클리어가 되겠어요?"

"당연하지. 내가 누구야? 이 게임을 처음부터 설계하고 만든 사람인데, 클리어를 못 할 이유가 있어?"

강현수는 자신만만했다.

들리는 소문에 의하면 게임 시작과 동시에 배드 엔딩을 보았다는 사람들이 압도적이었고, 그걸 어찌어찌 넘긴다고 해도 얼마 못 가서 게임 오버를 당해야 했다고 한다.

강현수는 그것이 게임의 시스템을 제대로 이해하지 못하고 게임 내 존재하는 여러 가지 기연들을 얻지 못했기 때문이라고 여겼다.

"숨겨진 신화들을 못 먹어서 게임 오버 당했다는 건가
요?"

"그렇다고 봐야지."

"그런데 왜 하필이면 황제로 플레이하는 건가요?"

"왜냐고?"

절대 군주의 육성.

이건 그저 바람이었을 것이다.

"가끔 상상하는 로망이었으니까. 그런데 생각해 보면
황제라는 직업이 꽤 지루할 거거든. 그래서 좀 스펙터클
하게 바꿔 준 거지."

"클리어하면 후기 좀 올려 줘요! 다들 궁금해하니까요."

"그래, 알았어."

덜컹덜컹.

강현수는 집으로 돌아가는 지하철에 몸을 실었다.

벌써부터 기대감으로 몸이 달아올랐다.

HS 미디어 사장조차 강현수가 애초 타로스 황제를 플
레이하기 위하여 게임을 만들어 냈을 거라고는 상상도 못
할 것이다.

게임 내에서는 강현수만 알고 있는 파밍의 장소라든가
신화들이 꽤 있었다. 이것이 바로 최초 기획자의 힘이라
는 것이다.

에디터가 가미되지 않는 정식 버전에서는 제국이 타도의 대상이다.

불멸왕 타로스의 야욕을 막기 위하여 플레이어는 다양한 직업으로 플레이를 하게 된다.

기사나 영주, 주변국의 국왕을 선택할 수 있었으며, 서브 캐릭터로 모험가, 상인, 도둑, 용병 등으로도 선택이 가능했다.

제국은 게임답게 황제가 가장 강했고, 공후백자남의 귀족들이 피라미드 구조를 이루고 있었다.

현실적으로는 말이 되지 않겠지만, 각 가문들은 상위 귀족에게 도전하여 작위와 영지를 강탈할 수 있다.

쓸데없는 살상을 최소화하기 위하여 정해진 시간과 장소에서만 도전해야 했지만, 기본적으로 제국은 약육강식의 사회다.

그러니 황제로 플레이를 한다고 해도 충성심이 약화된 귀족들은 도전을 해 올 수 있다는 뜻이다.

제국에서 반란이 일어날 수도 있었으며, 여러 가지 어려움들과 직면할 수 있다.

이것이 바로 강현수가 제작한 개발자 버전 포비아 킹덤이다.

강현수는 집으로 돌아오자마자 대충 빵 조각을 씹으며 홀로렌즈가 포함된 XR 기계를 착용했다.

게임을 실행하자 웅장한 사운드와 함께 주변의 환경이 변화한다.

기술의 발전이 가상현실을 구현할 정도는 아니기에 촉각까지는 어찌할 수가 없었지만, 청각과 시각적으로는 현실과 게임을 구분할 수 없을 지경이었다.

우선 커스텀 마이징을 시작한다.

현실에서는 40대 초반의 노총각 아저씨였지만 게임에서까지 그럴 필요는 없다.

무엇보다 게임에는 게임 전체를 컨트롤하는 AI가 있었고, 매우 현실적으로 외모까지 반영하기에 여행을 하게 된다면 유리한 점은 분명 있다.

아이돌과 같이 약간은 마른 듯한 몸에 키는 180cm로 설정했다.

가능하면 키가 작고 덩치도 작은 편이 플레이에는 유리하다는 것을 알고 있었지만, 도저히 외모와 키를 포기하지 못해 화려한 백금발의 20대 중반 청년으로 설정했다. 머리칼은 검은 머리가 너무 진부해 보여 눈에 확 띄는 색으로 했다.

염색이 존재하지 않는 게임에서 그러면 적들의 눈에 더욱 띌 확률이 있었지만, 강현수는 상관하지 않았다.

"뭐, 어때? 게임인데."

큰 키에 백금발.

전쟁이 일어나면 저격을 당해 죽을 가능성이 높다는 뜻이었으나, 그는 충분히 클리어할 수 있다고 믿었다.

커스텀 마이징이 끝나자 초기 능력치를 설정한다.

[체력: 2 힘: 2 민첩: 2 마력: 7]

누군가에게 스치면 사망할 정도의 능력치이겠지만, 파워드 킬 주문을 템빨로라도 사용하기 위해서는 마력에 몰빵하는 수밖에 없었다.

강현수가 생각해도 조금 극악한 수준이기는 했다.

황제의 체력이 고작 2라고 소문이 나면? 그 즉시 살해당한다. 시녀에게도 모가지가 꺾일 가능성이 높았다.

강현수는 마지막으로 황제의 기본 스킬을 확인했다.

파워드 킬

일직선 10m 내의 모든 사물을 파괴한다.
마력이 주입된 상대를 즉사시킨다.
MP 100 소모

진실의 눈[패시브]
단일 상대의 레벨, 아이템의 고유 능력을 확인한다.

무너지지 않는 이성[패시브]
모든 정신 공격을 무효로 되돌린다.
어떤 상황에서도 침착함을 유지한다.

그야말로 최소한의 스킬들만 보유했다.

이 이상 집어넣을 수도 있었지만, 급격하게 난이도가 낮아질 우려가 있어 이 정도만 적용시킨 것이다.

정교하게 커스텀 마이징된 얼굴을 보며 강현수는 만족스런 미소를 지었다.

이만하면 외모로는 어디 가서 절대 꿀리지 않을 테고, 이성을 상대로는 특전까지 얻을 수 있다.

강현수는 [완료]를 눌렀다.

빠지지직!

"커어억!"

그 순간, 갑자기 머릿속으로 어마어마한 전류가 흘렀다.

비명을 지를 새도 없이 강현수는 정신을 잃고 말았다.

강현수는 눈을 떴다.

머리가 지끈거린다.

갑자기 몸에서 힘이 쭉 빠지는 기분이었고, 고개를 돌리는 것도 상당히 힘들었다.

'병원인가?'

헤드셋에 뭔가 문제가 생긴 것이 분명하다.

헤드셋에 홀로렌즈를 탑재하기 위하여 M사에 많은 돈을 지불하였는데, 그놈들이 뭔가 잘못 설계를 한 건가?

강현수는 그런 생각을 하며 몸을 일으켰다.

몸이 천근만근이었다.

40대에 접어들면서 체력이 꽤 떨어지기는 했지만, 아침마다 운동을 하는 강현수의 상태는 배 나온 아저씨들보다는 나은 정도였다.

그런데 이 정도면 거의 환자가 아닌가?

온몸에 힘이 없고 움직임도 느릿느릿한 것을 보면 게임을 하고 있는 건 아니다. 하지만 화려하게 치장된 이 방은 무엇이란 말인가?

끼이이익!

커다란 문이 열리자, 길거리에서 보았다면 눈이 단번에 돌아갈 만큼 아름다운 여기사가 한쪽 무릎을 꿇었다.

"폐하! 기침하셨사옵니까? 오늘은 토너먼트 준결승이 있는 날이옵니다. 폐하께서 강림을 해 주신다면 모든 신민들이 그 은혜에 감동할 것이옵니다."

강현수는 눈살을 찌푸렸다.

그건 다름 아닌 여기사의 머리 위에 떠올라 있는 작은 홀로그램 때문이었다.

레베카 LV. 82

황실 기사단 부단장.

어마어마한 고레벨.

당장 강현수의 목을 꺾어 버리고도 남을 만큼 실력의
소유자였다.

그러나 동시에 고레벨의 기사를 어떻게 이용해야 할지
떠오르기 시작했다.

제2장
토너먼트

일어나 보니 폐하라는 호칭으로 부르는 여기사가 그를 데려가기 위해 왔다.

강현수는 자신도 모르게 머리에 손을 얹었다. 말도 안되는 이 상황에서 벗어나기 위해서였다.

헤드셋이 뭔 영향을 주었는지는 몰라도 찌릿한 전기 충격으로 기절을 했다. 그리고 깨어나 보니 게임이 꺼지지 않았다?

오히려 오프닝을 시작하려 했다.

게임을 할 상황은 아니기에 헤드셋을 벗으려 하였지만 벗겨지지 않는다.

한쪽 무릎을 꿇고 부복하고 있는 여기사는 그저 명령만 기다리고 있는 상태였다.

갑자기 싸한 느낌이 들었으나 이상하게도 정신은 안정이 되어 있었다.

강현수는 도저히 이해되지 않을 정도의 침착함을 보이며 상황을 정리하기 시작했다.

'헤드셋에 과부하가 걸렸고, 나는 사망했다. 그 정도의 전기 충격이라면 병원에 실려 갔거나 그 자리에서 죽었어야지. 그런데 어떠한 이유로 게임 속으로 빨려 들어왔다는 건가? 상식적으로 말이 되지 않는 상황인데.'

분명히 여기서 어떤 내색을 한다면 승냥이 같은 놈들이 떼로 달려들어 바로 목을 부러뜨리려 할 것인데, 강현수가 가진 지식이라면 충분히 극초반을 벗어나 앞으로 나아갈 수 있다고 여겼다.

그는 냉정하게 제국이 가진 시스템에 대해 생각했다.

황제를 죽이면 황제가 될 수 있다.

이 간단한 진리는 제국 전체에 적용되고 있었다. 다운 그레이드가 진행되면서 귀족들에게 충성심이란 존재하지 않았다. 오직 공포로 군림하고 있는 황제의 입장에서는 매우 불리한 상황이다.

몸이 움직이기 불편할 정도로 힘이 빠지고 느릿느릿한 것은 능력치가 고작 그 정도밖에는 되지 않았기 때문이다.

'게임 속으로 들어온 것이 확실해 보인다. 상식적으로

는 말이 되지 않는 일이니, 조금 더 상황을 지켜봐야겠다.'

강현수는 자신도 모르는 사이에 놀랍도록 정확한 판단을 내렸다.

아직 확신하기는 이르니, 상황을 두고 보자는 것.

여기서 조금이라도 빈틈을 보이면 매우 곤란한 처지에 이르겠지만, 강현수는 자신도 모르게 모든 상황을 돌파할 수 있다는 자신감을 가졌다.

불멸왕 타로스를 탄생시킨 장본인이 바로 강현수다. 그 때문에 타로스가 어떻게 움직이고 행동하는지 그 양식을 모두 꿰고 있었다.

"라이톤 공작, 그 버러지가 내일 짐에게 도전한다고 선언했다지?"

"그렇사옵니다, 폐하."

"인간의 욕심이란 끝이 없구나. 짐은 관대하게 여겨 큰 은혜를 베풀었거늘."

"황공하옵니다."

레베카는 별다른 의심 없이 허리를 굽혔다.

황제는 오만한 존재다.

특히나 포비아 킹덤의 세계관 안에서는 절대적인 존재로 군림하고 있었기에 제국 전체가 유지되고 있었다.

아무리 황제의 능력을 다운그레이드 하였다지만, 그러

한 시스템이 아니었다면 애초에 이 게임은 성립조차 되지 않는다.

강현수는 느릿느릿하게 움직여 양팔을 들었다.

부복하고 있던 시녀들이 달려들어 그에게 예복을 입혔다.

체온을 조절하는 기능이 있는 황제의 의복과 황금의 면류관을 썼고, 가벼운 예검으로 무장을 했다.

처음에 사람들이 알기로는 무적의 존재였으니 검조차 의미가 없는 것이었지만, 황제의 예검은 휘두르기 위하여 착용하는 것이 아니었다.

그 자체만으로도 황제를 상징하였으며, 작위를 내릴 때에도 사용한다.

모든 준비가 완료되자 강현수는 위엄이 담긴 목소리로 말했다.

"가자."

"황실 기사단이 모시겠사옵니다!"

강현수는 가마에 탄 채로 움직였다.

무심하게 가라앉은 눈동자, 특유의 나른함과 권태감.

그는 비스듬하게 앉아 턱을 괸 채로 생각에 잠겼다.

'어떠한 영향으로 인하여 게임 속으로 들어왔다. 꿈이라면 깨어나야 정상인데 그러지 못하고 있어.'

자각몽이라고 볼 수도 없었다.

자각몽에서 고통이 느껴지던가?

무엇보다 보는 사람마다 머리 위에 레벨과 직업이 표시되어 있었고, 단순한 가정은 확신으로 바뀌었다.

심지어는 10칸에 불과하지만 인벤토리도 있었다.

인벤토리에는 낡은 목검과 여행자의 낡은 옷, 그리고 약간의 동전이 들어 있다.

이러다 보니 강현수는 목숨이 하나밖에 없는 하드코어 게임 속으로 들어왔다는 것을 인정할 수밖에 없었다.

이런 미친 적응이 가능한 것은 스킬 때문이었다.

무너지지 않는 이성[패시브]

일명 불굴의 의지.

어떤 상황에서도 이성적으로 판단하며 무너지지 않는다.

육체적으로 무너질 수는 있겠지만, 정신적으로는 무너지지 않게 해 주는 것이 바로 이 무너지지 않는 이성 스킬이다.

무엇보다 이 스킬은 모든 정신 공격을 무효화시키기까지 한다.

이 두 가지가 아니라면 절대 황제 노릇을 할 생각은 못했을 것이다.

이 세계에서 살아가기 위한 가장 첫 번째 난관은 바로 황제를 흉내 내는 것이다.

누구도 의심하지 못하도록 철저하게 흉내를 내며, 300년이나 살아온 인간을 표현해 낸다.

사람이 그 정도 살아가다 보면 권태감에 찌들기 마련이었고, 긴 세월 동안 권좌에 앉아 제국을 통치하다 보면 무엇을 하든 감흥이 느껴지지 않는다.

자신에게 도전을 해 오는 인간이 있다고 해도 이런 평정심을 유지하는 건 당연한 일이었다.

황제의 곁으로 수많은 수행원들이 뒤따르고 있었다.

그들은 심리적으로 대단한 압박을 받고 있었으며, 기본적으로 황제에게 가지고 있는 감정은 경외감이었다.

이 경외감과 공포를 적절하게 이용해야만 살아남을 수 있는 것이다.

어떻게든 초반 상황만 넘기면 된다. 그리고 어떤 식으로 초반을 넘기는지 알고 있는 강현수에게 있어 지금의 상황은 그리 위협적으로 느껴지지 않았다.

황궁 밖으로 나오자 기사단이 모습을 드러냈다.

총 200명에 이르는 황실 기사단의 단장은 로빈슨 자작이다.

로빈슨 LV. 91
황실 기사단장

레벨이 100까지 존재하는 이 세상에서 레벨이 91이라는 것은 매우 부담스러운 상대라는 뜻이었다.

물론 기사들이란 황제에게 절대적으로 충성을 다하는 자들이었으니, 강현수에게 위해를 가할 가능성은 0%에 수렴한다. 기사의 행동 패턴을 직접 디자인한 그였기에 확신할 수 있었다.

상황을 인지하자 계획이 세워진다.

파워드 킬이라는 어마무시한 즉사기를 하나 보유하고 있었으나, 이마저도 마력이 모자라서 쓸 수 없는 상태.

즉, 아이템이 있어야 한다.

아이템을 구할 수 있는 방법은 매우 간단하기까지 하다.

강현수는 슬며시 미소를 지었다.

잠시 생각에 잠기는 동안 로빈슨 단장이 오른 주먹으로 왼쪽 가슴을 때리며 군례를 취한다.

"추웅! 포비아 제국의 진실한 지배자이신 황제 폐하를 뵙사옵니다!"

"추-웅!"

목소리가 쩌렁쩌렁하게 사방으로 울려 퍼졌다.

고막이 찢어질 듯한 굉음이었으며, 마나까지 실려 있어 내상까지 입었다.

[강렬한 피어로 인하여 −10의 대미지를 입습니다.]
[견고한 정신이 피어를 무효로 돌립니다.]

곧 무형의 방어막이 강현수의 주변을 때리는 것이 느껴졌다.

HP가 반이나 깎여 나가 내심 뜨끔하기는 하였지만, 견고한 강현수의 정신은 그 모든 것을 무효로 되돌렸다.

강현수는 비스듬하게 앉아 손짓했다.

"시끄럽다. 너희들은 목소리를 조금 낮출 필요가 있다."

"황공하옵니다, 폐하!"

지나가는 듯이 말했지만 진심이었다.

한 번 더 소리를 질렀다가는 HP가 모두 깎이고 말 것이니까.

황제의 어가는 황궁을 벗어나 콜로세움으로 향한다.

궁정의 시종들은 밖으로 나가자마자 쩌렁쩌렁하게 고함을 질러 댔다.

"황제 폐하의 행차이시다!"

모든 백성들이 한쪽 무릎을 꿇으며 경외감을 표한다.

강현수는 쭉 백성들을 훑어보았다.

존 LV. 12

일반 제국민

발렌 LV. 9

제국 노예

비올라 LV. 25

모험가

"……."

과연, 왜 동료들이 욕을 하면서 게임을 때려치웠는지 이해가 된다.

게임의 극초반에는 일반인이라면 도저히 이 상황을 넘길 수가 없을 정도로 어렵게 진행이 된다.

게임이라고는 해도 꽤 당혹스러웠을 것이고, 필수적으로 실수를 유발한다. 그것이 게임 오버의 상황을 만들어냈을 것이다.

'극초반을 넘기고 나면 신화들을 취해야겠군. 바로 전쟁을 해야만 하는 상황이니 최대한 빨리 진행해야겠어.'

당연히도 이대로 전쟁에 나갈 수는 없다.

몇 가지 스킬들을 발굴하고 어느 정도는 아이템이 갖춰져야 한다.

극초반이라고 불리는 오프닝만 무사히 넘긴다면 충분히 해 나갈 수 있는 일이다.

어쨌거나 황제로 살아가야만 하는 강현수는 자신이 타로스가 되었음을 뼈저리게 실감하였다.

이제 강현수는 자신의 이름을 버리고 타로스로 살아가게 될 것이다.

제국 수도 브론티아 콜로세움.

포비아 제국의 대도시들은 콜로세움 하나쯤은 다들 가지고 있었으며, 그 중 브론티아 콜로세움을 최고로 친다.

5만의 관중 수용력, 그리고 물을 채워 수전(水戰)까지 재현할 수 있는 시스템까지.

최근 들어 제국은 라이톤 공작의 선언으로 들끓고 있었다.

브론티아를 제외하고 제국 최대의 도시인 가이안의 영주인 공작이었으나 지금의 작위에 만족하지 못하고 황제에게 도전을 하고자 했다.

타로스 황제의 통치 300년 동안 도전자가 없었던 것은 아니었지만, 모두 싸늘한 주검이 되었다.

즉, 이건 목숨을 건 모험이었다.

제국의 2인자이자 검술의 달인, 라이톤.

라이톤은 충분히 황제를 죽일 수 있는 실력을 보유하고

있다고 믿었다.

제국은 강자를 존경한다.

강자가 모든 것을 가질 수 있었으며, 황제는 그 강자들의 정점이었다.

다만, 황위를 차지하는 일이었기에 법률에 따라야 하며 절차가 필요하다.

먼저 제국 내 2인의 공작, 3인의 후작, 10인의 백작을 차례대로 모조리 꺾어야 하며, 모든 절차가 마무리된 이후에야 공식적으로 황제에게 도전을 선언할 수 있고, 하루 휴식을 취한 후에 콜로세움에서 대결할 수 있었다.

그리고 이 대결에서 패하면 목숨을 잃는다.

지금까지 단 한 번도 황제는 자신에게 도전하는 귀족을 살려 둔 적이 없었다. 즉, 목숨을 건 승부라는 뜻이다.

뿌우~!

나팔 소리가 울려 퍼진다.

오늘의 대결에는 황제도 참관을 한다.

제국 서열 3위 랭턴 공작과 서열 2위의 라이톤 공작은, 그 특유의 권태롭고 무심한 표정의 황제가 등장하자 한쪽 무릎을 꿇었다.

이곳에 참여하고 있는 제국민들이나 모든 귀족들도 무릎을 꿇으며 경외감을 나타낸다.

오직 이 자리에 어마어마한 존재감을 뿜어내고 있는 황

제만이 일어나 비스듬하게 의자에 앉았다.

황실 마법사가 황제에게 음성 확장 도구를 건네주었다.

두근! 두근!

라이톤 공작의 심장이 뛰기 시작했다.

분명히 제국법에 황가에 도전할 수 있는 권리에 대해 쓰여 있었지만, 이번 도전은 무려 40년 만에 일어나는 일이었다.

과연 황제가 인정을 할 것인가.

그러나 황제는 아무렇지도 않다는 얼굴로 손을 휘저었다.

"감히 실력도 되지 않는 버러지가 짐에게 도전하고자 하는 것인지, 충분한 자격을 갖춘 것인지 이 자리에서 증명하라."

§ § §

강현수, 아니 타로스는 무심하게 선언한 후에 다시 자리에 앉았다.

저기 보이는 라이톤 공작이 바로 황위를 찬탈하기 위하여 도전하는 작자이다.

제국 공식 서열 2위.

제국을 동서로 가로지르는 인시드 강과 바다와 이어지

는 항구 도시를 소유하여 부유하기 그지없는 영지를 소유한 자.

개발자 에디터 스토리 초반, 라이톤 공작의 영지를 황실 직속령으로 귀속하지 못한다면 앞으로 게임의 운영이 매우 힘들어진다.

이건 현실에서도 반영됐다.

타로스가 생각하기에 라이톤 공작의 영지와 그가 가지고 있는 부를 모조리 빨아들일 수가 없다면, 제국이 제정한 파탄 직전까지 내몰리게 되는 것이다.

물론 그렇게 한다고 해도 언 발에 오줌을 누는 격일 정도로 황실이 지고 있는 재정적인 부담은 심각하다.

이걸 타파하기 위해서는 전쟁이 필요하다.

중앙군을 중심으로 한 원정대를 타로스가 직접 이끌고 가서 주변국을 흡수하고, 점령한 영지들을 각 영주들에게 매각해야만 한다. 물론 노른자위 땅은 모조리 황실령으로 삼아 세금을 걷어야 한다.

전쟁으로 가는 첫걸음이 바로 이 토너먼트다.

작금의 제국은 황제의 강함을 의심하는 세대였다. 40년 동안 황위에 도전했던 귀족이 없었으니 황제의 무위를 직접 확인할 수 있는 방법이 없었다.

어쨌든.

반신반의하면서도 300년이나 죽지 않고 살아 있는 타

로스는 경외감의 대상이자 공포의 대상이었다.

후작급 이하의 귀족들은 열심히 라이톤 공작을 비난하기에 바빴다.

"저런 무지한 놈! 감히 황제 폐하의 은혜도 모르고 설쳐 대고 있는 꼴을 보니 기가 막힙니다."

"암요. 그렇고말고요. 그 누가 폐하의 상대가 될 수 있겠습니까? 은혜를 원수로 갚는 격이 아니겠습니까."

"……."

일부는 그리 말했고, 일부는 입을 다물었다.

정치적으로는 입을 다무는 것이 훌륭한 수다.

중립을 표방하는 것이었으며, 혹시라도 라이톤 공작이 황제가 된다면 전 황제를 지지하던 자들은 멸문지화를 당할 수도 있다.

그러나 반대로 말하면, 황제가 승리할 경우에는 꽤나 불이익을 받을 수도 있다는 것이 문제다.

타로스는 자신을 지지하는 귀족들의 면면을 살폈다.

먼저 300년이나 포비아 황가에 충성하였으며, 개국 공신 가문인 라이너스 후작가.

마찬가지로 개국 공신 가문 렘든 백작가.

신흥 가문이며, 라이너스 후작을 후원자로 두고 있는 가비든 백작가와 황제가 20년 전 직접 발굴한 귀족 가문 로한슨 백작가가 있다.

그 아래 자작 가문과 남작 가문들도 황제파에 속해 있었으나, 고위급 귀족들 중에서는 이 정도였다.

제국 권력의 40% 정도를 황제파가 쥐고 있었으니, 타로스가 이번 토너먼트에서 승리하여 황위를 방어한다면 충분히 해 볼 수 있는 싸움이다.

물론 2대 공작 중에서 랭턴 공작은 중립 파벌에 속해 있었기에 별 도움은 되지 않고 있었지만, 타로스가 라이튼 공작을 죽이게 되면 어느 정도 포섭의 여지는 생긴다.

미래에 일어날 일들을 어느 정도 머릿속으로 정리한 타로스는 무심한 얼굴로 비스듬하게 앉아 경기를 관람했다.

사회자가 긴장감 어린 표정으로 연무장 위로 올라왔다.

"그럼 도전자의 자격을 증명하는 최후의 시험을 시작하도록 하겠습니다. 상대방을 죽이거나 전투 불능으로 만들거나 기권을 받아 내면 승리합니다."

척!

사회자가 검은색 깃발을 올리고는 바로 연무장으로 내려왔다.

파아아앙!

두 공작은 온몸에 버프를 두르고 서로에게 달려들었다.

콰르르르릉!

단숨에 연무장이 박살 나며 천지가 공명했다.

흔하게 알고 있는 5대 원소들이 격변을 일으켰으며 하늘이 떨어 울렸다.

검이 어마어마한 속도로 움직이며 충격파를 만들어 냈다. 황실 마법사들은 그 충격이 관중석에 떨어지지 않도록 최선을 다해 막았다.

만약 그래도 충격파가 떨어진다면 기사들이 나서서 제어한다.

눈이 어지럽다.

저렇게 빠른 움직임을 귀족들은 모두 쫓아가고 있었다.

제국의 귀족은 강하다.

그들은 전쟁을 직접 이끌지 않는 것을 수치로 여기며, 싸우다 죽는 것을 영광스럽게 여긴다. 물론 그만한 강자들이 전쟁터에서 죽기란 쉽지 않은 일이기도 했다.

무늬만 귀족이 아닌 진정한 강자들이었기에 충분히 눈앞의 대결을 두 눈에 담을 수 있었다.

문제는 타로스였다.

'하나도 보이지 않는다.'

이건 당연한 일이었다.

이제 막 걸음마를 시작한 타로스와 절대 강자들의 싸움은 규격 외의 존재들이었으니까.

기분 좋은 긴장이 흐른다.

정신을 안정시키는 스킬이 타로스의 머리를 완전히 개

조해 놓은 것 같은 느낌이었다.

초반을 넘길 수 있는 스킬은 당연히 보유하고 있다.

파워드 킬

일직선 10m 내 모든 사물을 파괴한다.
마력이 주입된 상대를 즉사시킨다.
MP 100 소모

마력 100을 소모하면 어떻게든 그를 죽일 수 있는 기회
가 있다.

마력이 주입된 상대를 즉사시키는 것이었으니, 시작 전
에 악수를 하건 어떻게 하건 단 1의 마력이라도 주입한
이후에 즉사시킨다.

스킬을 구현하려면 황궁 무고를 뒤져야 한다.

원 게임에서는 황궁 무고가 말도 안 되는 무구들로 가
득 차 있었지만, 이 역시 다운그레이드를 하면서 쓸모없
는 것들만 가득할 것이다.

그렇다고 해도.

분명히 타로스가 사용할 수 있는 장비는 비밀 공간에
보관되어 있었다.

이것이 바로 타로스가 반드시 오프닝을 클리어할 수 있

다고 생각하는 이유다.

개발자들이 다들 오프닝에서 포기한 것은 그 쓸 만한 무구가 없다는 것이었는데, 게임의 원작자이자 총괄이었던 타로스는 그 안에서 무엇을 어떻게 해야 쓸 수 있는 무구를 얻을 수 있는지 알고 있었다.

콰과과과광!

땅거죽이 쩍쩍 갈라지며 볼케이노가 뛰어 올라왔다.

사방으로 화산재가 흩뿌려지며 시뻘건 용암이 뒤덮었다.

이건 이미 인간의 싸움이 아니었다.

두 공작은 무려 제국의 2인자와 3인자였으며, 네임드급의 보스였다.

그런 인간들이 싸우고 있었으니, 저 정도 임팩트가 뿌려지는 건 당연한 일이다.

몇 번이나 마법사들의 실드가 박살 났다.

하늘이 쪼개지며 마치 아공간이 열릴 듯 말 듯 일렁거렸다.

뇌전이 뿌려지며 화염이 사방을 삼키고, 그걸 식히기 위하여 물기둥이 치솟기를 20분.

타로스는 무심한 표정을 유지하고 있었으나, 이제 더 이상은 그들이 어떻게 움직이는지 궤적도 쫓을 수가 없었다.

퍼어어엉!

"커어억!"

어느 순간, 단말마의 비명이 울려 퍼졌다.

설마 랭턴 공작이 죽는 것은 아닌가 싶을 정도로 피 보라가 솟구쳤는데, 타로스가 괴물들을 너무 낮게 평가했다.

랭턴 공작은 그냥 바닥에 널브러져 기사들의 부축을 받고 있었다.

"내가…… 졌소."

와아아아!

시민들은 자신도 모르게 환호성을 내질렀다가 지금이 어떤 상황인지 깨달았다.

라이톤 공작이 승리하였으니 황권에 도전을 한다는 것이었고, 그건 곧 황제의 심기를 거스를 수도 있다는 뜻이 된다.

"……."

주변이 조용해진다.

사회자는 라이톤 공작의 승리를 선언했다.

그러자 이제 사회자는 황제의 반응을 살폈다.

승리를 황제가 인정해야 이 대결이 성립한다.

여기서 타로스가 대결을 회피하게 된다면?

제국의 전통은 무너지고 분열될 것이다.

이 순간, 타로스는 좋은 생각이 떠올랐다.

대결 당일에 과연 마력을 주입할 수 있을까?

그건 어려운 일이었다.

지금 주입을 하면 어떨까? 약간의 마력만이라도 주입한다면 상대를 죽일 수 있었으니까.

황제의 마력은 없앨 수 있는 것이 아니었다. 또한 그걸 상대가 알아차릴 수도 없다.

일종의 황제 특권이라고 생각하면 된다.

이것도 불가능하다면 도저히 클리어할 수가 없었기에 타로스가 그렇게 설정했다. 설정을 했다면 실현은 충분히 가능하다.

타로스는 천천히 자리에서 일어났다.

저벅저벅.

숨이 막힐 것 같은 긴장이 흘렀다.

그건 콜로세움 전체가 마찬가지였다.

방금 전까지 격렬하게 전투를 하였던 라이톤 공작마저 긴장하여 몸이 떨리고 있는 중이었다.

바로 전투가 시작될 것인가?

혹시나 그럴 가능성도 있을 거라고 생각하는 사람들이 있었다. 황제의 행동을 예측한다는 것은 불가능한 영역이었기 때문이다.

긴장이 되기는 타로스도 마찬가지였다.

일반인이었다면 다리가 떨리고 호흡이 가빠져 틀림없이 공작이 알아차렸을 정도.

그러나 이곳에 모인 그 어떤 사람들보다 타로스의 표정은 담담했다. 오히려 권태감에 절어 여기까지 이동하는 것조차 귀찮다는 표정이었다.

타로스는 랭턴 공작의 어깨부터 두드렸다.

"고생했다."

"화, 황공하옵니다!"

그러고는 라이톤 공작을 바라봤다.

타로스의 가슴에는 음성 확장 마법이 걸린 작은 마도구가 달려 있었다.

여기서 말을 하면 콜로세움 전체로 퍼진다.

저벅저벅.

라이톤 공작에게 다가간다.

그는 한 발짝 뒤로 물러나 한쪽 무릎을 꿇었다.

이건 전부 계산된 행동이었다.

제국을 반란이 아닌 정상적으로 지배하기 위해서는 반드시 절차를 거쳐야 한다. 그러니 라이톤 공작은 결코 타로스를 공격하지 않을 것이라는 계산이다.

"라이톤 공작."

"하명하소서!"

"짐은 전통을 중시한다. 지금까지 짐이 무거운 황좌를

벗어 던지지 못하였던 것은 황관에 어울리는 자가 나타나지 않았기 때문이다."

"……!"

라이톤 공작의 눈동자가 흔들렸다.

모두가 마찬가지였다.

황제는 전통을 잊지 않았다. 본인보다 강한 자가 나타난다면 기꺼이 황관을 물려줄 것이다.

"그대는 버러지가 아니다. 충분히 짐에게 도전할 자격이 있다."

"폐, 폐하!"

"그러나 한 가지는 알아야 한다. 짐은 도전하는 그 누구도 살려 두지 않았다. 언젠가 분란의 싹이 될 수도 있기 때문이다. 이를 인지하고 있는가?"

"예! 그저 기회를 주심에 감사할 따름이옵니다."

"일어나라, 도전자여."

타로스는 공작에게 손을 내밀었다.

당연히 공작은 타로스의 손을 잡았고, 그 순간 아주 미약한 마나를 방출하여 흘려보냈다.

약간의 마나를 흘려보내기는 하였지만, 여기에 큰 의미를 부여할 수 있는 사람이 있기나 할까?

누구도 그리 생각하지 않을 것이다.

무려 인류 최강자로 생각되는 타로스 황제였다.

그런 강자라면 마력이 마르지 않을 거라고 생각하기 마련이었는데, 지금 이 자리에서 약간의 마력이 흘렸다고 해서 의심하지는 않을 것이다.

그런 생각이 타로스의 마력을 공작의 몸에 심게 되는 계기가 되었다. 물론 설정으로 볼 때, 타로스의 마력을 공작이 깨닫기도 힘들다.

이것으로 준비는 끝났다.

"부디 명예로운 죽음이 되기를 바라노라."

제3장
해결책

황궁 무고 앞.

황실 기사단의 부단장 레베카는 번뜩이는 눈으로 경비를 서고 있었다.

황제는 누구도 안으로 들이지 말라는 명령을 내렸고, 그 명은 절대적으로 지켜진다.

강함을 숭상하는 기사들에게 있어 황제는 경외의 대상이었다. 아니, 제국의 모든 권력자들은 황제만큼 강해지기를 바랐다.

오늘, 레베카는 진정한 괴물들의 싸움을 보았다.

최근 들어 제국에는 전쟁이 일어나지 않았고, 그 덕분에 강자들의 싸움을 볼 수 있는 기회가 없었다.

많은 기사들의 내심은 본인들도 영주가 될 수 있지 않

을까 생각하고 있었지만, 오늘의 대결을 관람한 이후에는 생각이 바뀌었다.

제국 내에서 기사들은 충분히 인간을 뛰어넘은 강자들이라 할 만하였지만, 작위를 가진 영주들은 상상을 초월하는 괴물이었다.

보통의 오성과 노력으로는 결코 귀족들을 뒤쫓아 갈 수 없었다.

기사들은 그저 강해지기 위하여 노력할 뿐이며 충성으로 주군을 보필한다. 이것이 바로 그들의 의무였다.

저벅저벅.

고요한 동굴에 발자국 소리가 들렸다.

레베카는 허리춤에 손을 댔고, 병사들은 긴장하기 시작했다.

황제의 명령이 제대로 지켜지지 않으면 모조리 목이 날아가기 때문이다.

곧 아름다운 여성이 수행원들을 거느리고 모습을 드러냈다.

1황후 나타샤.

대를 이어 황제에게 충성을 바쳐 온 램든 백작가의 장녀였다.

제국은 남녀의 차별을 크게 두지 않았다. 원한다면 여자가 귀족이 되는 것도 가능했다.

유명한 무가(武家) 램든 백작가의 자식들은 모두가 검술을 익혔다.

나타샤도 지방 기사 정도의 무력은 가지고 있었으나, 스스로 가능성을 포기하고 황후의 길을 선택했다는 것은 유명한 이야기다.

나타샤는 강함을 숭상했고, 황제는 그녀에게 있어 경외의 대상이었다.

"폐하께서는?"

"무고에 계십니다."

"잠시 뵙겠다."

"불가합니다. 폐하께서는 그 누구의 출입도 불허한다는 명령을 내리셨습니다."

"도대체 무고에는 어쩐 일이시지?"

"내일 사용하실 검이 필요하다 하셨습니다."

"검이라니……."

나타샤는 고개를 갸웃거렸다.

황제에게 검이 필요하기는 한가?

그녀의 아버지에게 듣기로 황제는 홀로 제국의 모든 귀족을 상대할 수 있을 만큼의 괴물이라고 하였다.

지금까지 황제에게 도전하였던 모든 귀족들은 사지가 찢기고 가문은 멸문을 당했다. 검을 사용한 적이 없었던 건 아니었지만, 대부분 손짓 하나로 죽였다고 한다.

"어리석은 기사의 소견으로는 내일 착용하실 검이 빛났으면 하는 바람이신 것 같습니다. 어느 때보다 존재감을 보여야 할 때입니다."

"전쟁 때문이겠지?"

"맞사옵니다. 더 이상 전쟁을 미룰 수가 없는 시기가 다가오기 때문이지요."

나타샤는 고개를 갸웃거렸다.

도대체 전쟁과 도전에서 사용할 검을 고르는 것이 무슨 상관이 있다는 말인가? 알 듯 말 듯 한 표정이었다.

"내일 이후 황권이 흔들릴 가능성은?"

"전무합니다. 그분은 불멸왕이십니다."

타로스는 졸지에 노가다를 뛰고 있었다.

무구들은 대체적으로 무거웠고, 그걸 옮기는 것은 극초반에 무리가 있었다. 힘이 2에 불과하였으니까.

분명히 마력을 더해 주는 갑옷도 있었고 대검도 있었지만, 착용할 수가 없었다. 도저히 입고 이동할 수가 없다면 갑옷이라 할 수 없었고, 대검도 마찬가지였다.

"뭐, 이럴 거라고 예상은 했지."

지금의 상태로는 황제가 기본적으로 착용하는 갑옷조차 입을 수가 없었다. 힘이 부족하였기 때문이다.

그에게는 대안이 있었지만, 그래도 혹시나 황궁 무고

내부에 쓸 만한 물건들이 있는지 살폈다.

혹시 모르는 일이 아닌가?

타로스가 누락한 전설급의 아이템이 있을지도.

하지만 인생은 그렇게 날로 먹을 수 있는 것이 아니었다.

쨍그랑!

타로스는 대검을 그냥 놓아 버렸다.

"내 인생이 언제 그렇게 쉽게 흘러갔던가?"

이제 혼자 있을 때에도 타로스의 말투를 닮아 가는 것 같다.

예상대로 황궁 무고에는 수많은 무구들이 처박혀 있었지만, 쓸모 있는 것을 찾기는 힘들었다. 이러니 죄다 게임 아웃을 당한 거다.

타로스는 황궁 무고 끝부분에 쌓여 있는 가죽 갑옷들을 모조리 털어 냈다.

단순히 동굴 벽처럼 보였지만 깊게 들어간 홈에 손가락을 넣자 틈이 벌어지며 열렸다.

이건 타로스의 안배였다.

혹시 동굴 안에서 쓸 만한 것을 찾지 못할 경우에는 초반에 유용하기 사용하기 위하여 가볍고 꽤 다룰 만한 무구를 넣어 두었다.

달랑 갑옷 하나와 롱소드 하나였지만, 극초반에는 꽤

쓸 것 같았다.

타로스는 진실의 눈을 가동했다.

힘의 가죽 아머

등급: 매직

착용 조건: 없음

내구도: 15/15

힘+3

가죽 공방 장인이 심혈을 기울여 제작한 하드 레더 갑옷.
꼼꼼한 박음질로 내구성을 높였다.

마력의 검

등급: 매직

착용 조건: 없음

내구도: 10/10

마력+3

동네 대장장이가 어쩌다가 제작한 마력검.

내구도가 낮으니 유의해야 한다.

"찾았다."

갑옷을 착용하자 정말 살 것 같았다.

힘이 +3이나 올라가니 이론적으로는 힘이 두 배 이상 증가한 것이다. 그러다 보니 체력도 좀 올라간 느낌이 들었다.

갑옷이 없으면 검을 들어 올릴 수가 없다. 힘이 약하기 때문이다.

검을 들고도 꽤 힘이 남는 것 같으니 내일은 그럭저럭 힘차게 움직일 수 있을 것이다. 대결을 한다는데 권태롭게 가마에 올라갈 수는 없는 일이다.

그르르릉.

황궁 무고의 문이 열렸다.

충직한 얼굴의 레베카와 병사들이 고개를 숙였다.

"폐하, 조금 전 황후마마께서 찾아오셨습니다."

"황후가?"

지금까지와는 다른 의미로 식은땀이 흐르려 했다.

황후 나타샤.

오늘 콜로세움에서 보았을 때에는 레벨 80에 이르는 괴물이었다.

부부라면 약화된 황제의 몸을 분명히 알아차릴 수 있을 것이다. 특히나 잠자리에서는 그렇다.

"부디 오늘 황후궁을 찾아 주셨으면 한다고 전언을 남기셨습니다."

"불가능하다 전해라. 내일 무슨 날인지 잊었다든가?"

"황공하옵니다."

지금 시점에 나타샤와 잠자리를 가지면 몸이 다운그레이드되었다는 것을 알아차리는 것을 떠나서 기가 빨려 내일 시체로 발견될 수도 있었다.

다음 날 오전.

오늘이 황권을 방어하는 날이었고, 패하면 목이 날아갈 것이 분명함에도 불구하고 편안하게 잠을 잤다.

내심 무너지지 않은 이성 패시브가 대단하다고 타로스는 느꼈다.

어제 마력을 심었다지만 그게 소용이 있을지는 알 수 없었다. 만약 오늘 터치가 가능하다면 다행이지만, 아무리 생각을 해 봐도 무리다.

만약 이런 꼼수가 통하지 않는다면 어차피 오프닝을 넘기는 것은 불가능하다고 생각하니 오히려 마음이 편했다.

끼이익.

문이 열리며 레베카와 시종들이 들어왔다.

어제 찾은 가죽 갑옷은 꽤 얇고 가벼웠기에, 그걸 착용하고 황제의 무구를 입는다.

여기에 마력검을 드니 그 포스가 장난이 아니었다.

훤칠한 키에 황금으로 둘러싸여 있는 것 같은 모습이 일국의 황제를 상징하기에 부족함이 없었다.

다만, 황제의 무구들은 죄다 레벨이 100으로 설정되어 있어 전혀 그 안의 능력을 끌어 올릴 수가 없었다.

그러니까 이건 그냥 겉보기에만 그럴싸하다는 뜻이었다.

모든 준비를 완료하였을 때, 1황후 나타샤가 뛰어 들어왔다.

너무 오래 살아왔기에 딱히 후궁을 들일 생각조차 하지 않는다는 것이 바로 타로스 황제다. 하지만 한 명의 황후는 무조건 있어야 한다.

불과 2년 전, 1황후 이실리아가 노환으로 사망했고, 그 자리를 대신하여 나타샤를 맞이하였다.

비록 정략결혼이었지만, 황제를 진정으로 존경하는 여자가 바로 나타샤였다.

여기서 주목할 것은 '사랑'이 아니라 '존경'이라는 점이다. 남자가 아닌 주군 정도로 생각하지만 역시 주기적으로 잠자리를 가져야 한다고 여겼다.

불멸왕의 특성상 자손을 남기지 않는다는 것을 알고 있

는 그녀였지만, 어떻게든 부부의 의무를 다하고자 노력하는 것이다.

여기서 타로스는 목숨의 위협을 느낀다.

"폐하!"

"황후가 어쩐 일인가."

"싸움터로 나가는 남편을 응원하는 것이 아내의 몫이 아닌가요?"

나타샤의 눈에서 꿀이 뚝뚝 떨어졌다.

타로스가 노총각이기는 했지만, 그렇다고 연애를 못 해 본 건 아니다. 즉, 고자가 아니라는 거다.

문제라면 그녀의 레벨이었다. 도저히 체력적으로는 그녀를 쫓아갈 수 없을 테니, 지금은 그저 그림의 떡이다.

"뒤따르라. 승리를 그대에게 안길 테니."

"네! 감사합니다!"

그러면서도 타로스는 권태로운 표정을 짓는 걸 잊지 않았다.

무구가 꽤 무거워 일단 콜로세움까지는 가마를 타고 이동하였다.

콜로세움 앞에서 내려 천천히 경기장으로 올라간다. 느리게, 그러면서도 매우 위엄 있는 동작으로 움직였다.

갑옷으로 가려져 있었지만, 땀이 미친 듯이 쏟아졌다.

어제만 해도 입고 활동하기에 무리가 없을 것으로 여겼

는데, 막상 걸어 보니 열 걸음도 못 가서 다리가 후들거렸다.

물론 이런 고생도 오늘로 끝이다.

쿵!

타로스는 검으로 바닥을 찍고 그곳에 기댔다.

"……."

주변은 고요했다.

지난 40년 동안 황제에게는 도전자가 없었는데, 제국의 2인자인 라이톤 공작이 정면 도전을 해 왔기 때문이다.

물론 라이톤 공작은 그 자격을 얻기 위해 모든 고위 귀족을 꺾으며 증명해 보였다.

파앙!

라이톤 공작이 왼쪽 가슴을 때리며 군례를 취하였다.

"신, 라이톤 가이안! 제국의 지엄하신 황제 폐하께 도전하기 위하여 이 자리에 섰습니다! 당신께 도전하는 것을 허락하시겠습니까?"

"허한다."

"폐하, 도전은 오직 저의 욕심으로 인한 것. 제가 패배한다면 가족들의 목숨만큼은 보장해 주실 수 있으십니까?"

"그러나 그대의 가문은 축출될 것이다."

"각오한 바입니다!"

사회자가 위로 올라왔다.

여기부터가 중요하다.

라이톤 공작이 압박감 때문에 바로 선공을 취하지 못할 것이니, 경기 시작과 동시에 바로 처리해야 한다.

"그럼 시작하겠습니다!"

척!

타로스가 손을 들었다.

"공작, 마지막으로 할 말이 있나?"

"없습니다."

그러자 타로스가 검을 들어 올렸는데, 매우 천천히 올라갔다.

5만 이상의 관중들과 모든 귀족들, 황가에 속해 있는 자들과 궁정의 모든 시녀들과 기사들까지.

모두가 타로스의 검에 시선을 집중하고 있었다.

꿀꺽!

라이톤 공작도 서서히 검을 들어 올렸다.

타로스 역시 그에게 검을 조용히 겨누었다.

"라이톤 공작! 그럼 이만 죽어라."

팟!

그 순간, 라이톤 공작이 움직이려 하였으나 그럴 수가 없었다.

타로스의 파워드 킬이 발동되었고, 어마어마한 폭발과

함께 라이톤 공작의 몸이 폭사되었다.

쿠아아아앙!

"……!"

강렬한 폭발과 함께 사방에 설치되어 있던 모든 실드가 박살이 났고, 오색의 찬란한 빛이 라이톤 공작의 몸을 휘감으며 터져 나갔다.

모든 원소들이 라이톤의 몸을 휩쓸자, 그의 몸은 완전히 조각조각 나서 분해되었다.

그에 콜로세움의 모든 사람들은 황제의 진정한 힘을 목격하게 되었다.

시대가 변하였으나 황제가 건재함을.

제국의 그 누구도 황제를 뛰어넘을 수 없음을 말이다.

제4장
정리

깊고 진득한 침묵이 흘렀다.

그 누구도 함부로 입을 열지 못했다.

인간은 자신의 상식으로는 어찌할 수 없는 충격적인 일이 발생하면 도리어 사고(思考)가 느려지는 경향이 있다.

내심 황제가 죽기를 바라고 있던 귀족들의 입장에서는 그들이 가진 불신을 뇌리까지 깊숙하게 흔들어 씻어 버리는 계기가 됐다.

나름 귀족파의 수장 역할을 자처하였던 오로스 후작의 이마에 식은땀이 흘러내리기 시작했다.

황제가 패배한다면 제국은 뒤집어졌을 것이다.

라이톤 공작을 중심으로 정계가 개편된다면, 그들은 황제와 대립하는 비주류 파벌이 아니라 집권 파벌이 되어 수많은 이권들에 개입할 수 있었다. 그러나 황제는 자신의 건재함을 드러냈다.

지난 40년 동안 힘이 없어 권태로운 삶을 살았던 것이 아니라 진정 인간의 한계를 초월하고, 그 어떤 즐거움도 느끼지 못하였기에 스스로를 권태 안에 가뒀던 것이다.

이로써 황제는 각성하게 되는 것이 아닌가 하는 생각이 들 정도였다.

자신에게 적대적인 세력이 있다는 사실을 알게 되었으니, 기나긴 권태의 틀을 깨고 밖으로 나오는 것이 아닌가 하는 걱정이 들었다.

그렇다면.

지금부터 처신을 잘해야 한다.

잘못하면 귀족파라는 자체가 사라질 정도로 피의 숙청이 시작될지도 몰랐다.

황제의 검이 천천히 내려갔다.

압도적인 힘을 선보였음에도 불구하고 그 특유의 무심하고 권태로움은 사라지지 않았다. 그러나 그들은 보았다.

황제의 입가에 미소가 어려 있음을.

콜로세움의 중심까지는 거리가 제법 있었기에 그 미소를 볼 수 있는 사람은 귀족들에 한정된다.

'황제께서 상황을 인지하셨다.'

귀족파 귀족들은 두려움을 느꼈다.

지난 40년 동안 황제는 그 어떤 통치에도 신경 쓰지 않았다. 기계적으로 제국을 운영하였을 뿐이다.

그런 황제가 틀을 깨고 나온 거다.

황제가 입꼬리를 뒤틀며 선언했다.

"라이톤 공작은 제국법에 따라 짐에게 도전하였으며 패했다. 사전의 약속에 따라 라이톤 공작의 직계 혈족들은 살아남을 것이다."

"……."

누구도 입을 열지 못하고 있는 상태였다.

그저 사람들은 입만 뻥긋거릴 뿐이다.

"오늘부로 라이톤 공작과의 봉신 계약은 깨졌으며 영지를 회수한다. 영지군과 기사단은 황가로 귀속될 것이나, 영지 내 충성 서약을 거부하는 자들은 사살한다."

다시금 긴 침묵이 이어졌다.

예상대로 가이안 가문은 멸문됐다.

황제는 완벽한 명분이 있었으며, 이는 제국법에 명시되어 있기까지 했다. 그러니 그 명령에 따르지 않을 경우에는 공식적으로 반역자의 지위를 획득하게 된다.

제국을 운영하는 강자들은 명분이 얼마나 중요한지 잘 알고 있었다.

개국 공신이자 황가에 절대적으로 충성하는 라이너스 후작이 일어나 만세를 외쳤다.

"황제 폐하 만세!"

"황제 폐하 만세!"

황제파에 속해 있던 모든 귀족들이 고무되어 소리쳤다.

이 광신도들은 직접 황제의 무력을 목격하자 눈알이 뒤집혀 소리를 질러 댔다.

황제의 무심한 눈동자가 오로스 후작에게 닿자, 후작은 마치 심장이 쪼개지는 느낌을 받았다.

오로스 후작은 그 분위기에 압도되어 자신도 모르게 양손을 들어 올렸다.

"황제 폐하 만세!"

황제가 손짓하자 가마가 대령되었다.

만세가 이어지고 있는 가운데 그는 푹신한 가마에 앉아 몸을 비스듬하게 뉘었다.

그러곤 손가락을 까딱여 로빈슨 단장을 불렀다.

기사들의 행동도 전과는 바뀌었다. 더욱 빠릿빠릿하게 움직였다.

황제가 그에게 몇 마디를 하자, 고개를 끄덕인 로빈슨 단장이 우렁찬 목소리로 외쳤다.

"폐하께서 회의를 직접 주관하고자 하십니다!"

"……!"

무려 10년 만에 제국을 이끄는 절대자들이 한자리에 모인다.

사람들은 직감적으로 대회의에서 중요한 안건이 통과될 것이라고 여겼다.

황제는 쓸데없는 행동을 일절 하지 않는 사람이다.

귀족들은 벌써부터 황제가 무슨 이야기를 꺼낼지 갑론을박하기 시작했다.

타로스는 황궁으로 이동하고 있었다.

이미 제도 브론티아 전체로 황제가 단숨에 라이톤 공작을 죽여 버렸다는 소식이 파다하게 퍼졌다.

제국 공식 서열 2위 라이톤 공작이 황제의 공격을 단 1초도 버티지 못하고 무너졌다.

이는 대단한 파장을 가져왔으며, 황제에 대한 경외감과 공포감을 끌어 올리는 계기가 되었다.

이것으로 당분간 반란의 위협은 사라졌다.

게임 초반에 가장 우려되는 부분이 바로 끊임없는 반란이었다.

라이톤 공작이 강하다고 판단한 플레이어가 그와의 대결을 거부해 버리면, 곧바로 제국은 찢어지고 곳곳에서 왕을 침칭하는 반란자들이 설친다. 그리고 플레이어는 반란을 진압하다가 사망하거나 암살을 당해 죽는다.

게임을 플레이어 중심으로 이끌어 나가기 위해서는 초반을 잘 넘기는 것이 중요하였고, 그 시작은 반드시 라이톤 공작의 죽음이 되어야 했다.

시간을 벌었으니 이제 전쟁 전까지 파밍과 함께 신화를 획득한다.

포비아 킹덤에서 좋은 아이템은 주로 유물이라 불렸고, 도저히 이해 불가한 마법(스킬)은 신화라고 불렸다.

물론 유물이나 신화는 NPC들이 알지 못하였으므로 이를 플레이어가 얼마나 잘 파악하느냐가 게임 클리어의 관건이라 할 수 있다.

"황제 폐하 만세!"

"와아아아!"

제국민들은 지나가는 길마다 무릎을 꿇으며 만세를 외쳤다.

이것으로 타로스는 민란이 터지는 것도 어느 정도 방어했다고 봤다.

민란이란 국민들의 불만이 커져 가면 터질 수밖에 없는 것으로 철저하게 현실을 반영한다.

세율이 높거나 흉작이 들거나 탄압이 과하면 민란이 터질 수밖에 없었다.

그걸 방지하려면 다소 국정에 손해를 보더라도 세율을 낮추고 국고를 풀어 구휼해야 한다. 또한 여러 가지 요구를 들어 두는 것도 중요하다.

이도 저도 안 되면 공포로 통치해야 했는데, 이번에 황제가 라이톤 공작을 단숨에 죽여 버림으로써 최소한 1년 정도는 시간을 벌었다고 보아야 한다.

척! 척! 척!

뒤따르는 기사들에게도 경외감이 가득하다.

경외감은 곧 전투력 상승으로도 이어지니 좋은 징조다.

한편, 타로스는 최대한 포커페이스를 유지하며 내면을 살폈다.

'레벨이 20개나 올랐군.'

포비아 킹덤은 경영 전략 RPG 게임이라고도 할 수 있었고, 당연히 레벨 업 시스템도 있다.

이제 게임을 막 시작한 플레이어가 레벨 90이 넘는 괴물을 죽였으니 당연히 폭렙을 한다.

게임의 시간과 현실의 시간은 다르게 흘러가고 이곳은 현실이었으니 레벨을 올리는 것이 더욱 어렵다.

그럼에도 불구하고 20개나 레벨이 올랐으니 어마어마한 이득이었다.

보너스 스탯은 무려 100개.

타로스가 초반만 무사히 넘어가면 반드시 클리어를 자신했던 이유기도 했다.

"추웅!"

소문을 들었는지 경비병들부터 궁정 귀족들과 시중들까지, 아주 과도한 충성심을 보였다.

타로스는 회의를 시작하기까지 한 시간이 남자 모든 사람들을 물린 후에 의자에 앉았다.

스탯을 올리면 몸에 어떤 변화가 일어날지 알 수 없었기에 잠시 시크릿 룸으로 이동한다.

현재 스탯을 확인했다.

[체력: 2 힘: 2(+3) 민첩: 2 마력: 7(+3)]

타로스는 앞으로 시스템을 이용하여 발전해 나가기 위해서는 초반에 주어지는 이 기회를 잘 이용해야 함을 알았다.

게임을 하는 플레이어가 아니라 오직 기획 초기부터 출시까지 총괄한 개발자이기에 알고 있는 지식들이 있다.

그건 바로 초반에 쓸모 있는 유물과 신화에 필요한 요구량을 맞추는 거였다. 그러면서도 밸런스가 잡힐 수 있도록 유도해야 한다. 이는 매우 까다로운 작업이었으며, 모르면 게임 아웃을 당할 수밖에 없었다.

타로스가 살아가는 세상은 현실이었으니, 게임 아웃이 아니라 죽음으로 돌아올 것이다.

모든 지식을 총동원하여 신중하게 스탯을 분배했다.

[체력: 30 힘: 40(+3) 민첩: 20 마력 23(+3)]

우두두둑!

"읍!"

내부에서부터 변화가 시작된다.

근골이 뒤틀리고 다시 맞춰졌으며, 근섬유를 가닥가닥 끊어 다시 연결됐다. 또한 온몸은 강제로 유연성을 갖게 되었다.

마나를 저장하는 마나 홀은 강제 확장되어 충격을 동반하였고, 체력을 담당하는 심폐는 다른 사람의 장기를 이식한 듯 강화되었다.

약 5분 동안 변화를 맞이하다가 모든 것이 끝나자 놀라울 정도로 몸이 가벼워졌음을 깨달았다.

힘이 흘러넘쳤으며 몸은 가벼워졌다.

이 정도면 누군가에게 단숨에 죽을 걱정은 하지 않아도 될 것이다.

타로스는 생존율을 높이기 위해 할 일들을 기억해 냈다.

"먼저 앱솔루트 배리어를 얻어야겠군."

대회의가 예정된 시간에서 30분이 지나가고 있었다.

황제가 회의에 늦는 것은 당연시되는 전략이다.

이곳에 모인 각 귀족들도 자신의 영지에서는 회의에 일부러 늦게 참석한다. 그런 행위로 가신과 군주의 관계를 다시 한번 각인시켰으며, 긴장감을 고조시킴으로써 충성심을 이끌어 내는 역할도 한다.

시간 약속은 분명히 중요하였지만, 이런 사소한 행위 하나도 정치적으로 의미를 부여할 수 있었다.

그 대상이 황제이다 보니 30분이 아니라 최소한 한 시간은 있어야 등장한다고 봐야 했다. 그러니 황제가 등청하려면 앞으로도 30분은 남은 셈이다.

서로가 눈치를 보는 시간이 흘러갔다.

황가에 절대적으로 충성하는 공신 가문 라이너스는 방금 전 콜로세움에서 속칭 귀족파, 중립파 귀족들이 보였던 행태가 매우 마음에 들지 않았다.

"어디서 냄새가 나지 않소?"

"냄새라니요?"

"박쥐 새끼들이 이리저리 편을 옮겨 다니며 풍기는 냄새 같은데."

"지금 뭐라고 했소!?"

귀족파 수장 오로스 후작이 버럭 소리를 질렀다.

누가 봐도 황제와 공작이 대결 전에 눈치를 보았던 자들을 질타하는 내용이었기 때문이다. 당연히 라이너스는 찔릴 것이 없었다.

"황제 폐하를 의심하여 대결 전에는 중립에 섰다가, 그분의 위대함을 체감하고 나니 은근슬쩍 찬양을 한다? 이렇게들 믿음이 부족해서야."

"아니 지금 본인을 두고 하는 말이렷다!?"

"그럼 아닌가?"

각 파벌은 대립했다.

표면적으로는 귀족파와 황제파가 대립했지만, 좀 더 자세히 살펴보면 중립 파벌을 가진 자들도 어느 쪽에 붙어야 할지 심히 고심하는 것이 보였다.

잘못하면 귀족들이 이 자리에서 싸울 수도 있을 것 같아 랭턴 공작이 나섰다.

공작 하나가 죽은 이상 그는 공식 서열 2위의 권력자다. 물론 황제를 제외하고는 제국에서 가장 강한 기사이기도 했다.

"정숙하시오! 신성한 어전에서 이게 무슨 추태요? 부끄러운 줄을 알아야지."

"허험."

"그거야, 저 작자가 자꾸 신경을 긁으니 그렇지요."

"강자에게 복종하는 것이야말로 제국이 추구하는 미덕이지. 경들은 그것을 다시금 머릿속에 상기하도록 하시오."

그 말에 귀족들은 입을 다물었다.

강자지존의 세계.

억울하면 강해지면 된다. 어떻게든 강해지면 높은 작위

를 획득할 수 있었다.

황제가 되고 싶다면 남자답게 도전하면 된다. 물론 대가는 목숨이겠지만.

랭턴 공작은 제국의 근간에 대해 이야기를 하였고, 그 원론적인 이야기에 대해서는 아무도 반박하지 못했다.

쿵!

황제의 궁 입구를 지키던 근위 기사가 바닥을 찍었다.

"제국의 진실한 지배자이신 황제 폐하께서 드십니다! 모두 예를 갖추시기 바랍니다."

귀족들은 자리에서 일어나 부복했다.

끼이익!

황제가 들어오자 귀족들이 외쳤다.

"황제 폐하 만세!"

"평신."

귀족들이 일어나 각자의 자리에 앉았다.

황제는 비스듬하게 앉아 귀족들을 노려봤다.

"……."

숨 막히는 긴장이 감돌았다.

여기서 누군가가 말을 한마디라도 잘못하면 바로 목이 날아갈 것이다.

국정으로 돌아온 황제는 충분히 그러고도 남을 사람이었다.

황제의 권태로운 목소리가 울려 퍼졌다.

"랭턴 공작."

"하명하십시오!"

"포비아 제국의 국시(國是)가 무엇인가?"

"개국부터 현재에 이르기까지 제국의 목표는 대륙 정벌이었사옵니다!"

"그렇다. 제국은 내년 봄, 개전(開戰)한다."

제5장
대회의

파란이 한바탕 장내를 휩쓸고 지나갔다.

황제가 직접 개전을 선포할 정도라면 일반적인 전쟁은 아니었다. 분명 국운을 건 대전쟁이 될 것이다.

"드디어 칼을 뽑아 드시는 겁니까!?"

황제에 대한 절대적인 믿음을 가지고 있는 라이너스 후작은 흥분해 마지않는 얼굴로 소리쳤다.

타로스는 고개를 살짝 까딱였다.

"현재 제국은 정체되어 있다. 각 영주들은 지금의 상황에 만족하지 못한다는 것을 짐은 알고 있다."

"그것은……."

"제국은 팽창해야 한다. 또한 대륙을 지배할 것이다."

"오오!"

"진정 그것은 아름다운 행위가 될 것입니다. 전쟁은 사라지고 대륙에는 진정한 평화가 내려앉을 것이라 확신하옵니다."

황제파 귀족들은 쌍수를 들고 환영하였다. 다만, 현재의 시점에서 전쟁을 하고자 하면 문제가 되는 것이 있었다.

전쟁에는 어마어마한 비용이 들어가며, 해외 원정이 시작되면 막대한 물자를 소비하게 된다는 점이다.

올해, 제국은 기근이 들었다. 전쟁을 시작한다면 바로 세율이 치솟고 물자의 징발이 시작될 것이다.

이러한 부담 때문에 앞뒤 가리지 않고 덤벼드는 라이너스 후작에 비하여 다른 귀족들은 시원스럽게 대답하지 못하는 실정이었다.

다만 원칙적으로는 반대를 표할 수 없다.

제국법에 따르면 제국은 황제의 소유였고, 각 가문은 황가에 충성하는 대가로 영지를 받아 관리한다.

영지에서 나오는 세금으로 군대를 보유하며, 전쟁이 터지면 황제를 위하여 군대와 물자를 제공해야 한다.

이는 봉건 사회가 가지고 있는 장점이기도 하였으나, 역시 황제의 힘을 약화시키는 원인이 되기도 했다.

하지만 포비아 제국은 타국과는 조금 다른 체계를 가지고 있었으며, 귀족들을 힘으로 찍어 눌러 버리는 행위가 가능했다.

반대는 무조건적인 표적이 되며 황제의 명령에 반발하는 순간 공적이 된다.

그러니 이 문제에 대해서는 신중하게 접근해야 했다.

오로스 후작이 일어났다.

"폐하, 신 오로스, 어전에서 발언하기를 청합니다."

"허한다."

"작금의 제국은 다소 위험한 상황에 직면해 있습니다. 최근 2년째 기근이 시달리고 있으며, 거리에는 수많은 백성들이 굶주리고 있사옵니다. 이런 상황에서 전쟁의 분위기가 만들어지면 물가는 오르고 전쟁 물자의 가격은 폭등하게 될 것입니다."

"경이 하고자 하는 말은?"

"전쟁의 시기를 조금 늦추는 것이 어떤가 합니다."

"내년에도 기근이 들면 어쩔 텐가?"

"그것은……."

"짐이 이런 결정을 내리는 것은 오히려 국내를 휩쓸고 있는 기근 때문이다. 제국의 상황이 그다지 좋지 않기에 약탈 경제를 유지해야 하는 것이다."

"야, 약탈 경제라 하셨사옵니까?"

"지도를 가져와라."

끼이익!

문이 열리고 세밀하게 작성된 군사 지도가 펼쳐졌다.

차트 형식으로 쭉 내려왔으며, 그곳에는 각국의 병력 상황뿐만이 아니라 올해 식량의 생산량까지 표시되어 있었다.

각 가문에서도 정보부를 운용하고 있었지만, 이렇게까지 자세한 전략 지도를 작성할 수 있는 능력은 되지 않는다.

마법 통신이 존재하는 세상이라고는 해도 국내가 아니라면 해외까지 통신이 닿지 않았으며 이로 인하여 정보의 정체 현상이 발생한다.

이건 황제가 직접 작성했다.

타로스는 이 세상을 창조한 창조주나 다름없는 사람이었다. 각국의 상황쯤이야 머릿속에 모조리 담고 있었기에 이런 지도를 작성할 수 있었다.

"제국과 가장 적대적인 세력이 바로 율리우스 왕국이다. 올해 식량 생산량이 천만 톤 정도로, 이는 제국이 2년 동안 버틸 수 있는 양이다."

"허어."

"어찌 이런 지도를……."

"즉, 겨울이 가고 다가오는 봄에 개전하여 율리우스 왕국을 점령할 수 있다면, 그들이 가지고 있는 식량을 모조리 제국으로 가져올 수 있다는 뜻이지. 율리우스 왕국은 몇 년째 풍년이 들었으나, 제국과 적대 관계라 남아도는 식량을 수출조차 하지 못했다. 제국의 제재로 인하여 주변국으로의 수출 길도 막힌 상황이지. 이러한 경제 제재로 율리우스 왕국은 제국을 향하여 칼을 갈고 있을 테니, 이보다 좋은 먹잇감은 없다. 내부에는 식량이 썩어 흘러넘치고 있을 터."

"……!"

타로스의 말에 귀족들은 어떠한 반박도 하지 못하였다.

식량이 부족하여 전쟁을 하지 못한다는 논리를 설파했던 것이다.

내년도 가뭄이 이어지면 제국 전체에 민란이 일어날 가능성이 있다. 그럴 바에야 제국의 역량을 총동원하여 넘쳐나는 밀을 털어 와야 한다.

귀족들은 자신도 모르게 고개를 끄덕였다.

북방 민족들이나 사용하는 약탈 경제라는 말이 황제에게서 나왔다. 그만큼 제국의 상황이 위태롭다는 뜻이기도 했다.

"내부의 다툼은 잠시 접도록 하라. 전쟁 준비와 내년 전쟁의 기여도에 따라 경들은 영토를 획득할 수 있을 것이다."

"음!"

귀족들의 눈이 불타오르기 시작했다.

지금까지 황제는 권태로운 삶을 살았고, 도저히 해외 원정에 대한 재가가 떨어지지 않아 제국 내 권력 다툼이 심화되고 있었다.

이런 상황에서 황제는 해외 영토에 대해 이야기했다. 기여도에 따라서 영토를 분배한다고.

황실이 재정 적자에 시달리기에 분배되는 영토도 공짜는 아니겠지만, 각 가문의 힘을 확장시킬 수 있는 좋은 수단이었다.

가문의 권력 강화는 결국 돈이 아니라 땅에서 나온다.

타로스는 무심한 얼굴로 말을 이어 나갔다.

"이에 짐은 라이톤 공작가에서 나오는 모든 재화를 투자하여 식량과 전쟁 물자들을 수입할 작정이다. 세율이 올라가거나 백성들을 수탈하는 일 따위는 일어나지 않는다. 중앙군 10만과 2개 기사단을 동원할 것인즉, 경들은 해외 영토 획득과 제국의 평화를 위하여 얼마나 기여를 할 수 있는가?"

각자의 머리가 쉼 없이 굴러가는 소리가 들렸다.

이번 원정에서 도태되면 가문의 힘은 약화된다.

제국이 아무리 강자존의 원칙에 따라 굴러간다고 해도 가문이 가지는 영향력은 영토에서 나온다.

상위 귀족에게 도전하여 승리하는 것은 지극히 어려운 일이었고, 작위에 따라 그 격차가 현격했다.

그러니 가문의 힘을 강화하기 위해서는 해외 영토 획득이 필수였다.

무엇보다 황제가 솔선수범하여 이번에 몰수한 공작의 재산을 매각해 전쟁 준비를 한다고 선언했다.

공작이 가지고 있던 모든 것을 흡수할 황제에게 있어 이건 쉬운 결정이 아니었을 것이다.

계산을 마친 귀족들이 외쳤다.

쿵!

먼저 랭턴 공작이 바닥에 머리를 찧었다.

"폐하께서 백성들을 긍휼히 여기시는 그 마음에 감화하였사옵니다. 제국 백성들을 위함이라면 신 랭턴, 모든 재산을 털어 전쟁 물자와 병력을 준비하겠사옵니다! 부디 참전의 영광을 부여하소서!"

쿵! 쿵!

귀족들이 하나둘 바닥에 머리를 찧었다.

"참전의 영광을 허락하소서!"

"폐하께 영광을 돌리겠나이다!"

타로스는 무심한 얼굴로 그들을 바라봤지만, 속으로는 심히 안도하고 있었다.

이로 인하여 반란의 가능성은 좀 더 멀어졌다.

전쟁이 끝난 후에는 어찌 될지 모르겠지만, 타로스에게 있어선 가장 중요한 시간을 벌었다.

모든 것이 타로스의 계획대로다.

황제가 자리에서 일어나 예검을 바닥에 찍었다.

쿵!

"내년 3월, 국경을 넘는다."

황제가 국정 운영에 손을 대기 시작했다.

이런 소문은 바로 황궁을 휩쓸었다.

물론 그렇다고 해서 곧바로 황제가 정력적으로 일을 한다거나 모든 서류들을 처리한다거나 하지는 않았지만, 대국적인 면을 강조하며 식량난을 타파하려는 모습은 많은 사람들이 황제에게 가지고 있는 고정 관념을 깨뜨리는 계기가 됐다.

오랜 세월을 살아오며 감정이 모두 마모되어 백성을 긍휼히 여기는 마음까지 사라졌다고 생각했던 자들은 이런 황제의 변화를 매우 기껍게 받아들였다.

제국의 충신들이 그러하였으며, 황제파에서도 반응이 매우 격렬했다. 뿐만 아니라 황제는 이를 위하여 귀족들이 기본적으로 가지고 있는 지배 욕구를 자극시켰다.

무려 제국 영토의 50%에 이르는 땅이 새롭게 편입되면, 기여도에 따라서 가문의 위치가 바뀌는 지각 변동이 일어나게 된다.

대회의에서 각 가문은 어느 정도의 병력을 지원해야 하

는지도 계산하였고, 무려 50만에 달하는 원정군이 편성되었다.

중앙군 10만, 영지군 40만.

황제는 40년 만에 직접 칼을 빼들었으며, 제국의 모든 지방 영주들을 참전시켰다.

전쟁이 나지 않는다면 몰라도, 황제가 전쟁을 선언한 상황에서 꼬리를 만다면 바로 다른 귀족들에게 뜯어 먹히고 만다.

타로스는 정말 간만에 황제의 집무실을 찾았다.

집무실에는 황실 기사단장 로빈슨과 호위를 위한 레베카, 그리고 궁정 백작이자 정보부 수장인 루카스 발렌타인이 양손을 공손히 모으고 있었다.

타로스는 아주 자연스럽게 로빈슨에게 손짓했다.

황제에게 완벽하게 동화하고자 하였더니 정말로 행동에서 어떤 어색함도 사라졌다.

정무에는 임하지만, 여전히 귀찮음과 권태감에 찌들어 있는 얼굴이었다.

그들은 괜히 황제가 오늘 회의의 내용을 무를까 우려하였지만, 그런 일은 벌어지지 않았다.

황제의 말대로 현 제국의 상황은 엉망진창이었기 때문이다.

"로빈슨 단장."

"하명하십시오!"

"당장 중앙군 5만을 이끌고 가이안 영지로 출발하라. 최정예만 이끌고 갈 것이며, 2개 기사단을 동원한다. 또한 황실 마법사들을 동원하며 마탑에 요청하여 마법사들의 지원을 받아라."

"조, 존명!"

로빈슨 단장은 흔들림 없는 모습으로 군례를 취했다.

제국 중앙군 최정예 5만, 황실 기사단을 포함한 황제 직속의 2개 기사단과 마법사들의 동원.

이 정도 전력이면 웬만한 공국 규모의 국가는 단숨에 쓸려 나간다.

병력이 50만에서 15만으로 줄어들었지만 그만큼 정예병이 되었다. 나름대로 AI가 보정을 했던 모양이다.

"루카스 자작."

"하명하십시오, 폐하!"

"경은 본대가 도착하기 전에 오늘 있었던 사실을 정확하게 가이안 영지에 알려라. 여론을 조성하는 것이 중요하다."

"존명!"

황명에게 의문을 제기하는 것은 용납하지 않는다.

제기를 하더라도 명령의 수행을 보조하는 정도가 되어야 하는 것이지, 완전히 반발하면 그대로 목이 날아간다.

봉건제이지만 어느 정도 황권이 살아 있는, 그러면서도 불안한 형국이 지속되는 것이 바로 제국의 상황이었다.

타로스는 가이안 영지에 대해 영토와 건물들, 영지민을 제외한 모든 사치품과 자산들을 매각하여 해외에서 전쟁 물자들을 들여오겠다는 서류에 서명했다.

해가 구름에 삼켜지고, 칠흑 같은 어둠이 깔린 밤.

타로스는 한참 동안이나 서류들을 정리했다.

물론 권태감에 절어 있는 황제라는 캐릭터답게 대부분의 서류들은 재상부에 전가시키고 굵직굵직한 사안들만 처리했다.

타로스 황제의 장점이라면 바로 이것이다.

대충 얼렁뚱땅 일을 재상부에 떠넘겨도 그들은 워낙에 이런 식으로 국정을 운영해 온 기간이 길어 전부 처리가 되는 것이다.

펜을 놓자 자정이 다 되어 가는 시간에 타로스는 레베카를 호출했다.

"폐하! 명을 받고 왔사옵니다!"

"준비해라. 미궁으로 간다."

"존명!"

파워드 킬을 훌륭하게 보조할 앱솔루트 배리어를 얻을 때가 되었다.

제6장
미궁

포비아 제국 황궁 아래 위치한 미궁.

통칭 황궁 미궁이라고 불리며, 애초에 황궁이 이곳에 지어진 이유도 미궁에서 쏟아지는 각종 마물들을 억누르기 위해서였다.

지금이야 기사들의 실력이 진일보하여 미궁의 마물 따위는 레베카 혼자 쓸어버려도 될 정도였지만, 처음 제국이 세워질 때만 해도 대륙에 존재하는 기사들의 실력이 이렇게까지 높지는 않았다.

나름의 개연성을 위하여 건국 당시의 건국왕 레벨은 고작해야 60 정도였고, 미궁에서 튀어나오는 마물들의 레벨은 50대 후반이었다.

시간이 흐르면서 기사들의 레벨은 평균 70~80에 달하였으며, 주기적으로 미궁으로 들어가 마물들을 토벌했다.

그러나 이런 식으로 계속해서 토벌을 해도 핵을 찾을 수가 없어 미궁 자체를 파괴할 수가 없었다. 황궁이 취할 수 있는 방법은 지속적인 토벌이었다.

개국 초기에는 황제가 직접 미궁 토벌대를 이끌어야 할 정도로 고생했었다.

지금이야 미궁도 안정이 됐고, 마물의 숫자가 줄어들어 레베카을 앞세우면 충분히 핵까지 돌입할 수 있는 수준이다.

미궁의 보스 다크 아머는 특수한 아이템을 지키고 있었는데, 미궁 재단에서 얻을 수 있는 아이템이 바로 앱솔루트 배리어 마법서였다.

플레이어는 마법서를 태워 버림으로써 자동으로 익힐 수 있다. 이걸 사람들은 추후 신화를 획득하였다고 표현하지만 아직까지는 없는 개념이다.

어쨌든.

타로스는 레베카를 앞세웠다.

충실한 기사인 레베카는 황제의 명령에 의문조차 갖지 않은 채로 전진했다.

서걱! 서걱!

깨개개갱!

레벨 56에 이르는 켈베로스였으나 레베카에게는 그다

지 위협이 되지 않았다.

애초에 타로스는 이러한 이유로 레베카를 최측근에 배치하였다. 충실한 기사일수록 황제의 행사에 의문을 품지 않기 때문이다.

지금처럼 말이다.

레베카의 검이 단숨에 켈베로스 열 마리를 도륙했다.

저벅저벅.

타로스는 천천히 걸어가며 혹시나 모를 사태에 대비하였으나 애초에 마물이 접근하도록 레베카가 놓아두지를 않았다.

마물이 한 마리라도 접근하여 황제의 손을 더럽히는 걸 매우 큰 불충으로 생각하는 것이다.

미궁의 핵은 지하 4층의 숨겨진 방에 존재한다.

이런 사실을 역대 황제들은 알지 못하였고, 그건 주기적으로 이곳을 청소하는 기사들도 마찬가지다. 도대체 미궁이 어떤 식으로 작동하는지 알고리즘을 아직도 찾아내지 못하는 것이다.

이는 비밀의 방이 워낙 꽁꽁 숨겨져 있기도 했지만, 플레이어가 찾지 않는 이상 결코 찾을 수 없도록 개발자가 안배를 하였기 때문이다.

원작의 타로스는 괴물이다.

라스트 보스가 지키고 있는 황궁에 침입할 수 있는 방

법이란 후반부를 제외하고는 아예 존재하지 않았다. 플레이어가 취할 수 없는 옵션이라는 뜻이다.

그러나 타로스로 플레이를 하는 것이라면?

다크 아머 따위야 단숨에 썰어 버릴 수 있다.

숨겨진 방은 미궁 전체 벽에 이어진 홈을 조작하여 열 수 있었다.

미궁을 설계하고 직접 스케치까지 한 장본인이 타로스였기에 이걸 여는 것은 그다지 큰일도 아니다.

쿠구구구구궁!

"헉!"

레베카는 놀람을 감추지 못했다.

도대체 황제는 수백 년이나 찾아다닌 핵을 어떻게 발견한 건가?

그런 의문이 스쳤지만, 그녀는 곧 이것이 쓸데없는 생각이라는 것을 깨달았다. 황제 폐하의 행사에 의문을 제기하는 것조차 큰 불충이었으므로.

끼에에에엑!

미궁이 열리자 소름 끼치는 비명이 울려 퍼지며 거대한 덩치의 다크 아머가 모습을 드러냈다.

그 어마어마한 압박감에 숨이 막힐 지경이었으나, 타로스는 피식 웃으며 손짓했다.

"버러지 같은 놈이 소리만 크구나. 처리해라."

"예!"

팟!

레베카는 그 자리에서 사라져 바로 다크 아머를 쪼개 버렸다.

스아아아.

역시나 거대한 덩치답지 않은 싱거움이다.

놈은 검은 마기를 일렁이며 사라졌다.

비밀의 방 안에는 거대한 재단이 존재하고 있었으며, 그 위에 낡은 고서가 하나 펼쳐져 있었다.

저것이 바로 앱솔루트 배리어 마법서다.

"너는 밖에서 대기해라. 누구도 안으로 들여서는 안 된다."

"존명!"

한 마리라도 마물이 들어오면 목숨이 위험할 수 있으니 보험을 들었다.

그렇다고 레베카가 고서의 존재를 알아차려서도 곤란하다. 도대체 저게 뭔지 궁금하기야 하겠지만 그건 대충 설명하면 된다.

저벅저벅.

타로스는 꽤 경쾌한 발걸음으로 계단을 올랐다.

극초반, 지극히 위험한 능력치였던 것을 생각하면 장족의 발전이었지만, 신화와 괴물들이 가득 차 있는 이 세상에서 몸을 지키기 위해서는 필수적으로 저 마법서가 필요했다.

마력이 은은하게 퍼지고 있는 고서.

이런 신화는 획득을 하는 즉시 사용해야 한다.

화르르륵!

가지고 온 횃불로 불을 붙이자 고서적에서 미약한 빛이 흘러나오며 머릿속으로 흡수된다. 이걸 영혼 각인이라고 부른다.

타로스는 스킬 하나가 생겼음을 본능적으로 알 수 있었다.

진실의 눈을 통하여 스킬을 확인한다.

앱솔루트 배리어

10초 동안 모든 공격을 방어한다.
배리어가 작동하는 동안 움직이면 마법은 캔슬된다.
MP 200 소모

아주 심플한 설명이다.

기획 초반에 이 앱솔루트 배리어에 대해 많은 논의가 이루어졌는데, 모든 공격을 막아 낸다는 자체가 게임의 밸런스를 붕괴시킬 수 있는 요소였으므로 몇 가지 조정이 가해졌다.

우선 발동 시간은 10초였고, 그 이후에 사라진다.

배리어가 시전되고 있는 동안은 어떤 움직임도 보일 수가 없었으며 걷거나, 캐스팅을 하거나, 공격하는 모든 행동이 중지된다.

만약 조금이라도 움직이면 마법은 풀린다.

한 가지 좀 까다로운 사안이 있다면, 앱솔루트 배리어는 초반에 가지고 있는 모든 마력을 사용해야 할 만큼이나 마력의 요구량이 높다는 것이다.

파워드 킬이 100의 마력을 소모하는 것에 비하면 두 배에 달하는 요구량이다.

이걸 숨 쉬듯이 펼칠 수는 없다는 뜻이었다. 물론 필요에 따라서는 매우 유용하게 사용할 수 있다.

제한이 있기는 하지만 무엇이라도 죽일 수 있는 파워드 킬과 모든 공격을 막을 수 있는 앱솔루트 배리어를 조합할 수 있는 것이다.

이것으로 최소한의 생존 장치는 구현을 해냈다고 볼 수 있었다.

비밀의 방을 나오자 타로스는 미동도 없이 입구를 지키고 있던 레베카에게 태연하게 말했다.

"미궁의 핵을 파괴했다. 앞으로 주기적으로 청소해야 할 필요가 없어졌군."

"그, 그렇사옵니까?"

레베카는 놀란 표정이었다.

내심 황궁 기사들에게 있어 미궁은 귀찮은 존재였다.

조금이라도 토벌을 소홀하게 하면 마물이 황궁 밖으로 뛰쳐나가 대량 학살이 일어난다. 그런 전례가 몇 번 있었기에 신경을 쓸 수밖에 없었다.

그럼에도 불구하고 핵을 찾아낼 수가 없었으니 몹시 골칫거리였다.

그런데 타로스는 그걸 단숨에 부쉈다고 한다.

레베카는 무척이나 단순한 면이 있었기에 황제라서 가능한 일이라고 여겼다.

지금까지는 그저 귀찮아서 처리하지 않고 있었던 것이라고 말이다.

가이안 공작가.

개국 공신 가문에 속한 이 집안은 오랫동안 영광을 누려 왔다.

인시드 강과 바다가 만나는 항구 도시를 소유하고 있다는 것은 대외 무역으로 어마어마한 자금을 축적할 수 있다는 말과 진배없었다.

자금력이 풍부하다는 것은 그만큼이나 성벽들의 방어력도 견고하다는 뜻이었으며, 병력의 질이나 양도 뛰어나다는 말이었다.

가이안 공작가는 오랜 시간 검술을 발전시켜 왔고, 조금이라도 발전에 도움을 주는 서적들은 막대한 자금을 투자하여 보유하려 했다.

그 결과, 라이톤 공작은 본인이 황제가 될 수 있을 만큼이나 성장했다고 믿었다.

라이톤 공작은 나태한 황제를 치워야겠다고 판단하였으며, 자신이 가진 모든 것을 걸고 도박을 감행했다.

나름 애국자인 라이톤 공작은 법률에 따라 귀족들을 차례대로 꺾었으며, 그가 제도로 출발하였을 때에는 랭턴 공작과의 대결만 남겨 두고 있었다.

그런 라이톤 공작을 가이안 공작가의 가신들이나 가문의 직계들은 모두 지지를 해 주었다.

황제가 될 수 있다면 가이안 가문이 황실 가문이 되는 것이었으며, 지금보다 풍족하고 강력한 권력을 틀어쥘 수 있었던 것이다.

일반 영지민들이야 누가 황제가 되건 관심이 없었지만, 가신들이나 직계 가족들은 아니었다.

가문의 소영주인 글라스 1공자는 긴급하게 들려온 소식에 깜짝 놀라 가신단 회의를 소집했다.

"아버지께서 패하셨다고요!?"

"……소식에 의하면 단 한 번도 검이 교환되지 않았다

고 합니다."

"그게 말이 되는 일입니까? 랭턴 공작은 꺾었다면서
요?"

"그, 그랬죠."

"그 소식은 어제 도착했습니다. 그런데 오늘 갑자기 황
제에게 돌아가셨다니……."

"모든 귀족들이 보는 앞에서 공작께서는 본인이 패하면
가족들의 목숨만큼은 살려 달라고 청하였습니다."

"……."

"황제는 그걸 받아들였으나 가문은 사라질 수밖에 없다
고 선언했다 합니다."

"비, 빌어먹을!"

"제국 중앙군 5만이 곧 도착할 겁니다. 저희 가신들은
어쩔 수 없이 도주해야 합니다."

총관 하멜의 말에 글라스의 얼굴이 부들부들 떨렸다.

이렇게도 허망하게 가문이 무너질 수 있단 말인가?

황제의 무력이 아무리 강력하다고 해도 그건 개인의 무
력일 뿐이다.

정작 공작이 제국법에 따라 정당하게 도전했다가 패했
기에 할 말이 없었으나, 지금이라도 병력을 소집하여 대
항해야 하는 것이 아닌가 싶었다.

공작 가문의 병력은 무려 10만.

대항하고자 하면 충분히 할 수 있었다.

그의 생각을 읽은 총관 하멜은 마지막 충언을 올렸다.

"소영주님! 이 늙은이의 마지막 충정이라 생각하고 말씀드립니다. 이미 공작께서는 제국 법률을 준수하겠다고 선언하셨습니다. 이는 사후, 제국이 분열되는 것을 막기 위해서였지요. 제국의 모든 귀족들이 증인입니다. 만약 여기서 반란을 일으키시면 각 영주들이 군대를 이끌고 와 살아 있는 모든 것을 도륙할 겁니다. 제국의 힘이 약화되는 것은 공작께서 바라신 일이 아닙니다. 그나마 황제가 직계 가족들의 목숨을 보존하겠다고 하였으니, 어느 정도 재산과 함께 자유민이 될지언정 죽지는 않을 겁니다."

한마디로 쓸데없는 행동은 삼가라는 뜻이었다.

총관의 말이 명명백백하게 맞았다.

자유민의 신분을 보장하고, 어느 정도 재산을 챙겨 새롭게 시작하는 것이 목숨을 잃는 것보다는 낫다.

최소한 신분이 노예로 떨어지지는 않았으니, 가문이 가진 검술이라면 빠르게 작위 상승이 가능했다. 하지만 여기서 검을 빼 든다면 어떨까.

황제는 충분히 기회를 주었으며 관용을 베풀었다. 그러나 거부하면 분노한 황제가 대륙 끝까지 추격하여 가문의 식구들을 모조리 주살할 것이다.

명분은 황제에게 있었으며, 공작 가문에는 작은 희망이

라도 있었으니 여기서 구차하게 검을 뺄 필요는 없었다.

"총관……. 지금까지 고마웠습니다."

"아닙니다. 이렇게 급하게 떠나게 되어 죄송스럽게 생각할 따름입니다."

"가신들은 어서 빠져나가십시오. 황제의 명령은 분명히 직계 가족의 존속이었으니까요."

"그럼……. 지금까지 모시게 되어 영광이었습니다."

가신단은 그대로 도주하였다.

황제의 마음에 따라 도주한 가신들의 처우가 정해지겠지만, 오랜 세월 권태감을 느끼며 살아온 황제라면 그냥 그들을 내버려 둘 수도 있었다. 어쨌든 명령은 지켜진 것이었으니까.

정확하게 이틀 후, 총관의 예고대로 중앙군 5만이 영지에 도착했다.

공작의 직계들은 백색의 상복을 입고 줄줄이 성문 앞으로 나섰다.

황실 기사단장 로빈슨의 목소리가 쩌렁쩌렁하게 울려 퍼졌다.

"제국의 법령에 따라 명예롭게 죽음을 맞이한 가이안 공작의 직계는 황명을 받들라!"

털썩.

가문의 사람들은 무릎을 꿇고 머리를 조아렸다.

잠시 주변은 울음바다가 된다.

다시금 로빈슨의 목소리가 그들의 가슴을 비수처럼 찔렀다.

"오늘부로 가이안 영지에 부여한 모든 권한을 황실로 회수한다. 폐하의 은혜로 가문의 직계들은 살려 둘 것이며, 자유민으로 강등한다. 또한 100만 골드를 내려 생계를 돕는다. 이상, 모든 권한을 내려놓고 영지를 황실로 귀속시키는 작업을 진행하라!"

"황제 폐하 만세! 명을 받듭니다!"

개국 공신 가이안 가문.

500년 역사를 가진 가문이 멸망했다.

제7장
세제 개편

제국력 524년 10월 중순.

본격적인 추수기를 맞이하였으나 역시 결과는 참담했다.

2년째 가뭄이 이어지면서 추수를 해 봤자 남는 것이 없었고, 제국 전체에 기근이 내려앉았다.

이에 황제는 비상사태를 선포하고 궁정 회의를 열었다.

자주는 아니었지만, 일주일에 한 번 정도는 궁정 회의가 열렸고 황제는 나름대로 제국을 부흥시키기 위하여 노력했다.

특성상 황제를 지지할 수밖에 없는 입장인 궁정 귀족들은 이를 매우 긍정적으로 보았다.

"오늘 폐하께서 주관하시는 회의의 내용이 바로 기근에

대한 것이네. 회의 전까지 폐하께 올릴 조언을 상의하도록 하지."

"허험, 보름 전, 대귀족인 가이안 가문이 멸문했습니다. 감히 폐하께 도전한 대가를 톡톡히 치렀지요. 그들 가문은 지금까지 막대한 부를 쌓고 있었습니다. 자산들이 매각되고 현물화가 진행 중인 것으로 아는데, 거기서 자금을 충당할 수는 없습니까?"

어사대장 라팅 자작의 발언이었다.

제국의 재상이자 황실 직할령을 모두 관리하는 라터스 후작은 고개를 저었다.

그는 황제가 태업에 빠져 축 늘어져 있을 때에도 어떻게든 제국이 굴러가도록 힘썼다.

갖은 노력으로 그나마 제국 중앙군 15만과 각 직할령의 자경대를 굴릴 수 있었다. 치안이 무너지고 점점 빚이 불어나 감당이 되지 않을 지경에 이르자 기적처럼 황제가 움직이기 시작하였으나 그야말로 언 발에 오줌 누기에 불과했다.

"거기에서 나온 자금은 제국의 부채를 기존 3,000%에서 2,000%로 낮추고, 나머지는 모조리 전쟁 준비 자금으로 들어갔네. 폐하께서 전쟁을 선언하자 국내의 야비한 군상들은 일제히 물가를 올렸고, 주변국에서도 전시 프리미엄을 붙여 판매하기 시작했지. 이게 무슨 뜻이겠나? 기근에 사용할 자금이 없다는 뜻이네."

"전시 특별세는 걷지 못하는 겁니까?"

떡 벌어진 어깨에 강인한 인상을 가진 남자가 투박하게 말했다.

당연히 재상은 역정을 했다.

"자네, 지금 그걸 말이라고 하나?"

병무대신 로무스 백작은 제국 중앙군을 총괄한다.

뛰어난 검술을 보유했으며, 당장 법적인 절차를 밟으면 새롭게 남작령이나 자작령을 신설할 정도는 되었다.

그러나 다소 무식한 것이 흠이었고, 기근에 전시 특별세를 운운하는 안건은 바로 묻혔다.

"어……. 안 되는 거군요."

"폐하께서는 제국의 안정을 최우선으로 말씀하셨는데, 그게 통과가 될 거라고 보나? 목이나 잘리지 않으면 다행이지."

"흐억! 그렇게 위험한 발언입니까?"

"앞으로는 뇌를 한 번이라도 거치고 발언하게. 회의가 시작되면 자네는 그냥 입 다물고 있는 편이 좋아."

"죄, 죄송합니다. 재상."

가만히 눈을 감고 있던 할란 백작이 입을 열었다.

"결국 유의미한 성과를 보이기 위해서는 세율을 조정하는 수밖에 없습니다. 하지만 올해 세율을 낮추게 된다면 황실로 들어오는 세금이 줄게 될 것이고, 전쟁 수행에 차질이 생깁니다. 이는 어렵게 줄인 부채를 늘리는 계기가 될 것이나…….”

“전쟁에서 충당하자는 의견을 개진하는 건가?”

“맞습니다. 폐하의 결단만 있으면 충분히 가능합니다.”

“폐하의 결단이라……. 그게 쉽겠나? 어찌하여 자네는 폐하의 어심을 헤아리지 못하는 건가? 폐하께서 전쟁을 선언한 것은 거국적인 결단이네. 도저히 지금 상황에서는 답이 없어 그런 결정을 한 것이지. 또한 친정을 선포하지 않으셨나? 지금 폐하의 심중에 괜한 의견을 개진하여 심기를 어지럽힐 수는 없어.”

“그래도 말은 해 보는 것이 어떨까요? 전쟁을 준비하는 와중에 민심까지 살핀다는 것은 모순입니다.”

“그럼 자네가 발언할 텐가?”

모든 궁정 귀족들이 법무대신 할란 백작을 바라봤다.

다들 결론은 알고 있었으나 그걸 황제에게 조언할 만큼 간이 부은 인간이 없었다.

아무리 황제가 국정에 관심을 가지고 있다고는 하나 이미 어마어마한 손해를 보고 있었다. 황제의 개인 자산은 바닥을 드러냈고, 엄청난 재정 적자로 인한 빚이 쌓여 가고 있었다. 그런 와중에 잠시 숨통이 트였는데, 다시금 채무를 지자고 말하는 것은 황제의 심기를 어지럽힐 수 있는 일이었다.

"제가 발언하죠."

"허어! 정말인가?"

웅성웅성.

장내가 술렁거렸다.

정치적인 부담이 상당할 것임에도 불구하고 할란 백작은 그 짐을 짊어지겠다고 했다.

과연 황제는 어떠한 반응을 보일 것인가.

분위기가 점차적으로 고조되는 가운데 시종장이 황제의 등청을 알렸다.

"제국의 진실한 지배자, 황제 폐하께서 입장하십니다!"

타로스는 황제의 궁을 느긋하게 가로질렀다.

예전에 비하여 그의 발걸음에는 힘이 실려 있었다.

최근 들어 타로스 황제는 국정을 운영하면서 틈나는 대로 사냥을 했다.

아무리 유물과 신화들로 무장을 해도 근본적으로는 레벨을 올려야 하는데, 전쟁 기간이 아니고는 제국 내 인간들을 마음대로 학살할 수가 없었다.

그렇다고 황제 체면에 고블린을 잡을 수도 없었고, 결국 조금은 느리지만 꾸준히 레벨 업을 할 수 있는 취미를 갖게 됐다.

황실 소유의 사냥터에는 멧돼지와 노루, 사슴 등의 산 짐승들이 살고 있었고, 그걸 먹기 위하여 온갖 맹수들이 득실거렸다.

애초에 황제는 제국 최강자로 통했고, 고작(?) 맹수 따위에 상처를 입을 일은 없었으므로 사냥터 관리자는 오히려 외부에서 맹수들을 들여와 배치했다.

타로스는 취미를 핑계로 사냥을 했고, 지난 보름 동안 레벨을 25까지 올릴 수 있었다.

이게 운동도 상당히 되는 일이라 하루가 다르게 몸이 좋아지고 있었다. 발걸음에도 힘이 들어갔다.

물론 역시나 기존의 황제를 흉내 내야 했기에 권태로움이 몸에 완전히 배어 있었다.

타로스는 황좌에 앉자마자 몸을 축 늘어뜨리며 포도주를 들었다.

"시작해라."

"폐하! 우선 제국 각지의 피해 상황부터 보셔야 할 것 같사옵니다."

"조사가 끝났나?"

"예, 각지의 영주들이 조사를 하였으며, 황실 직할령에는 관료들을 파견하여 심혈을 기울여 통계를 뽑았사옵니다."

"보고해라."

"현재 제국을 1년 동안 돌보기 위하여 필요한 밀은 대략 500만 톤입니다. 저희 제국은 꽤나 온화한 기후를 가지고 있고, 풍작이 들면 매년 천만 톤 이상을 수확하여 오히려 식량을 수출하는 국가였지요. 그러나 올해 밀 수확량은 고작해야 250만 톤에 불과합니다."

"필요량의 반이라."

"이미 구휼미는 작년에 동이 났으니, 이대로라면 백성의 반은 굶는다는 뜻입니다."

톡. 톡. 톡.

타로스는 생각에 잠겼다.

결국 황제로 살아가기 위해서는 개인의 발전뿐만이 아니라 제국의 운영에도 신경 쓸 필요가 있었다.

민심은 천심이라는 말이 괜히 생긴 것이 아니다.

기근이 이어지면 해외로 인구가 유출될 우려도 있었고, 굶어 죽는 백성들이 많아지면 생산량이 감소하고 민란의 우려가 높아진다.

생산량이 감소한다는 것은 결국 세금이 덜 걷힌다는 의미였으니, 재정 적자가 심각한 제국은 버틸 수가 없었다.

어떻게 해서든 백성들이 버틸 수 있는 시스템은 만들어 주어야 했다.

포비아 킹덤에서 타로스는 불멸성을 지니고 있었다.

드래곤 블러드를 타고났기에 앞으로 최소한 9천 년 정

도는 살아간다고 봐야 한다. 그 긴 시간 동안 제국이 온전해야 타로스의 목도 온전히 붙어 있을 수 있다. 물론 그것이 아니라도 대륙을 통일하여 평온한 삶을 살아가려면 본국의 인구는 꾸준하게 늘어나야 했다.

"의견을 개진하라."

"폐하! 신 할란, 간청 드릴 일이 있사옵니다!"

"허한다."

"현재 제국의 세율은 50%입니다. 이는 주변국에 비하여 과도한 수준은 아니지만, 지금과 같은 기근의 시기에는 매우 심각한 문제들을 발생시키옵니다. 지금까지 세율은 평작을 기준으로 정해진 것이었습니다. 제국 전체로 보자면 평년 700만 톤에서 정해지며, 이 중 20%가 황실로, 30%가 영지의 운영 자금으로 쓰입니다. 이는 형평성에 너무 어긋나옵니다. 올해 세금만 해도 350만 톤으로, 이는 전체 추수 양을 초과한 수치입니다. 결국 지주들에게 땅을 빌려 경작한 농민들은 빚을 질 수밖에 없는 상황입니다."

"대량의 노예들을 양산할 수도 있다는 뜻이지."

"그렇사옵니다. 스스로 노예가 되거나 인신매매가 성행하게 되는 등 폐단을 이루 말할 수 없을 지경입니다. 그러니 부디 간청하건대, 세금 정책을 타파하시고 현실에 맞는 세율을 적용하며 올해에 한해서만큼은 개편된 세금안에 대해서도 특별 감세를 추진하는 것이 어떨까 합니다."

"……."

다들 황제의 눈치를 봤다.

전쟁이 코앞에 닥친 와중에 세금 정책을 개혁한다. 또한 개혁된 세금 개정안에서도 특별 감세를 추진한다.

이걸 황제가 받아들일 수 있을까.

모두가 그럴 수 없을 거라고 여겼다.

귀족들은 불호령이 떨어질 거라고 숨을 죽이는 가운데, 타로스는 나름대로 생각에 잠겨 있었다.

'그 정도로 심각한 수준이었나? 하기야 실제 중세 시대에 일어났던 일들을 그대로 반영하였으니, 기근이 오면 사람들이 굶어 죽는 일은 예삿일이지.'

지배자는 항상 결단을 내리며 살아간다.

그냥 무시를 할 것인가, 세금 개정안을 통과시킬 것인가.

한 가지 다행인 점은 포비아 제국의 황권이 아직은 살아서 기능을 한다는 것이다.

중앙에서 정책을 내고 황제가 재가를 하면 지방 귀족들은 따를 수밖에 없었다.

각 귀족들이 힘을 합치면 황권이 무너질 가능성도 있었지만, 각 귀족들이 파벌을 만들어 대립하는 상황이었기에 황제의 힘이 먹혀 들어간다. 특히 황제가 힘을 보인지 얼마 안 되는 지금이라면 가능하다.

물론 한 번이라도 전쟁에서 패하면 게임 오버겠지만, 현재로서는 충분히 추진해 볼 수 있는 방안이다.

특히나 세금 개편안이 사람들에게 알려지면 민심은 황권을 지지하게 되어 있다. 누구도 이 정도로 강도 높은 세금 개편을 실행한 적이 없었으니까.

아니, 타로스가 300년 동안이나 제국을 통치하였으니, 그동안 변한 것은 거의 없다고 봐도 무방했다.

"짐이 세율을 개편한 것은 지금으로부터 100년 전이었다. 그 당시에도 대쪽 같은 성품을 가진 법무대신이 목숨을 걸고 간언했지. 그 이름이 로터스라고 기억하노라."

"페, 폐하!"

할란 백작의 동공에 지진이 일어났다.

로터스 백작은 할란의 조부로, 궁정 귀족인 레이크 가문은 대를 이어 황가에 충성을 이어 왔다.

타로스는 레이크 가문의 정통성을 세워 주었으며, 충신 가문의 충성심을 다시 한번 되새겼다.

"그리고 지금 경은 다시 한번 제국의 세율이 잘못되었다는 것을 지적하고 있구나. 지난 100년 동안 이 정도로 사태가 악화되었던 적은 없었지. 하다못해 약탈 경제로 버렸던 적도 있었다. 그러나 지금은 제국이 밑바닥에서부터 버티지를 못한다."

"……"

"경의 말이 맞다. 현실적인 세율만이 백성들을 위할 수 있다. 오늘, 이 자리에서 현실적인 방안을 논하겠다."

제8장

폭렙이 필요하다

제국 황궁 재무부.

오늘 회의에서 황제는 충격적인 선언을 하였고, 전격적인 세제 개편안이 통과되었다.

지금까지 세금은 평년 생산량의 50%로 정해져 있었고, 이는 기근 때마다 많은 문제를 발생시켰다.

풍작이 들었을 때에는 오히려 이익을 보지만, 기근이 든다면 과도한 세금 때문에 제국을 더욱 좀 먹는 현상이 일어났다.

개편된 세금안으로 인하여 백성들은 올해 생산량의 50%를 납부하기로 되었으며, 기근으로 인한 타격을 적게 받았다. 이는 올해 제국 재정에 타격을 주겠지만, 풍년에는 더 많은 세금을 거두어 상쇄가 된다.

또한 올해는 세금의 10%는 감면하며, 각 영지에는 중앙세 이외에 10%를 따로 감면하도록 '권고' 했다.

황제는 애초에 중앙세 20%를 감면하려 하였으나, 그리할 경우 전쟁 수행 자체를 할 수 없을 정도로 재정이 악화된다고 판단되었기에 신하들의 뜻에 따라 이 정도에 그친 것이다.

황제는 재무대신과 법무대신을 불러 두 사람이 알아서 세부 사안을 조율하고 각 영지에 공표하는 작업을 마무리하라 명했다.

명령서를 받아 든 라덴 자작은 심장이 다소 죄어 오는 것을 느꼈다.

"선배님, 이걸 각 영지로 보내야 한다는 겁니까? 제 인장을 찍어서?"

"정확하게 말하면 폐하의 옥쇄가 찍혀 있네만."

"어쨌거나 그걸 검토하고 배부하는 건 제 몫이 아니겠습니까?"

"폐하의 명일세."

"이걸 이대로 보내면 도대체 무슨 일이 벌어질지 생각은 해 보셨습니까?"

"속으로야 반발할 수 있겠지. 하나, 그걸 대외적으로 티를 낼 수 있겠나? 반발하는 순간 내년 전쟁에서 불리해질 텐데. 무엇보다 봄이 되면 50만 대군이 모이게 되지.

반역자로 낙인찍히면 그 순간 대군이 해당 영지로 몰려갈 걸세. 내부의 적부터 처리하고 보자는 목소리가 커질 테니까."

"……."

그야말로 정치적으로 완벽한 수였다.

각 제후들은 이걸 알면서도 따를 수밖에 없다.

그리고 황제의 실력은 진짜였다. 함부로 반란을 꿈꾼다는 것은 있을 수 없는 일이다.

모든 상황들이 완벽하게 딱딱 맞아떨어지자 라덴 자작은 몸을 떨었다.

"폐하께서는 무서운 분이시군요. 전쟁을 내부 정치에까지 이용을 하시다니."

"지금까지 폐하께서는 정치를 하지 않았을 뿐이지. 300년을 살아오신 분이니 오죽 권태로웠겠나. 그러나 이번 일을 계기로 내부에서 각성을 하신 게야. 우리들의 입장에서는 잘된 일이지."

황제의 각성.

지금도 뭔가 정력적으로 일을 처리한다고는 볼 수 없었지만, 삶에 회한을 느끼며 스스로 소멸까지 생각했던 과거를 생각해 보면 장족의 발전이었다.

현 제국은 오직 황제의 위엄으로 유지되고 있었다. 그 위엄이 무너지면 모두 끝장이었으며 파국으로 치닫는다.

황제는 다시금 일어나 위엄을 보였으며, 제국의 모든 귀족들이 몸을 낮추었다.

뭔가를 추진하려면 지금이 기회였다.

"지금 뭐 하나? 요즘 군기가 좀 빠진 것 같은데. 기억을 좀 상기시켜 줘?"

"바, 바로 찍겠습니다!"

궁정 귀족 사회에서 학벌은 무시할 수 없다.

제국 아카데미 선배인 할란 백작 재촉하자, 겨우 2년이지만 후배인 라덴 자작은 한숨을 내쉬며 자신의 인장을 찍었다.

타로스는 제국의 여러 가지 국정에 관여하는 한편으로 꾸준히 사냥터에서 사냥을 했고, 그래도 남는 시간에는 황궁 무고를 뒤지며 쓸 만한 것들이 있는지 찾았다.

결국 몇 가지 아이템을 찾아내기는 했는데 초반부만 넘어가도 쓰레기라고 할 수 있는 것들밖에 없었다.

이제 곧 있으면 두 번째 이벤트가 시작된다. 이른바 '광룡의 등장'이었다.

당초의 기획 의도는 라스트 보스인 타로스의 권력을 더욱 강화시키고, 그 괴물 같은 무력을 세상에 과시하기 위해서였다.

광룡이 등장하지만 황제가 나서서 한 방에 정리를 해

버린다.

이로 인하여 반란을 꿈꾸는 귀족들은 아예 그 생각을 접게 되고, 그 명성이 다시금 대륙을 진동시키면서 플레이어에게까지 전해진다. 게임 속에서 플레이어는 명백하게 타로스의 위세를 실감하게 되는 것이다.

이런 이벤트는 개발자 버전에서도 없애지 못했다.

광룡과의 전투는 플레이어에게 있어 두 번째 관문이 된다는 뜻이다.

위험한 이벤트에는 그만한 대가가 따르기 마련.

어떻게든 드래곤을 죽여 버리기만 하면 폭렙이 가능하다. 그리고 드래곤 스케일과 드래곤 본으로 무기를 만들어 기사단을 무장시킬 수 있다.

여기까지만 해도 무지막지한 보상이었지만, 놈의 레어에서 찾을 수 있는 유물급의 아이템도 매우 달달한 보상이다.

최초로 등장하는 유물이었으며, 무려 스탯을 퍼센트 단위로 올려 준다.

저렙에는 큰 힘을 쓰지 못할지 몰라도 고레벨이 되면 될수록 신체의 능력을 더욱 증폭시킨다.

이러한 모든 것을 떠나 광룡을 막지 못하면 제국이 쑥대밭이 되고 마니 강제 참여나 다름없었다.

그리고 드디어 때가 왔다.

벌컥!

집무실에 앉아 생각에 잠겨 있는 동안 레베카가 급하게 들어왔다.

"폐하! 급하게 보고 드릴 일이 있습니다!"

"급한 보고?"

"비욘 공작령에 광룡이 나타나 난동을 부리고 있다고 하옵니다!"

"그래서?"

"랭턴 공작께서 황실의 명령을 기다리고 있습니다!"

"광룡은 그저 날뛰기만 한다든가?"

"그, 그런 것이 아니오라 당당하게 제국에 공물을 요구하고 있다고 합니다!"

"공물이라?"

"아마도 어마어마한 재화가 들어갈 것이라 사료되옵니다."

"놀고 있군."

"……예?"

"드래곤이 하는 짓이 말이야."

타로스는 입꼬리를 가볍게 올렸고, 레베카는 의뭉스러운 표정을 지을 뿐이었다.

전쟁을 앞두고 있는 상황에서 등장한 광룡.

이는 필연적인 이벤트였으나 실제로 이 세상을 살아가

는 사람의 입장에서 보면 재앙이나 다름없었다.

대륙 최강의 생명체라 불리는 드래곤이 제국에 공물을 요구하고 있었다.

아직은 마을 몇 개 날려 버린 것이 전부였지만, 만약 드래곤의 요구에 응하지 않을 경우 제국은 쑥대밭이 될 것이다.

이에 제국 전체가 초비상이 걸렸다.

가뜩이나 흉작이 들어 제국 경제가 어려운 지경이었다.

그나마 황제가 전격적으로 세제를 개편하였고, 그로 인하여 농민들도 조금 안심하고 있는 상황이다.

이런 와중에 재앙에 가까운 드래곤이 나타나 공물을 요구한다면?

제국은 그 즉시 피폐해진다.

공작령에서 시작된 보고는 마법 통신을 타고 그 즉시 황제에게 들어갔고, 전군에는 비상이 걸렸다.

황제가 어떤 판단을 내리느냐에 따라 총동원령이 떨어질 수도 있었으며, 드래곤과 협상을 하려 한다면 군대가 총동원되지는 않을 것이다. 다만, 어떤 경우이든 제국에 좋은 건 아니다.

제국 중앙군 15만이 예비 단계에 들어갔으며, 중앙 3개 기사단은 완전 무장을 한 채로 그 즉시 출동할 준비를 했다.

실질적인 중앙군의 지휘자들인 기사단 수뇌부 회의가 열린 가운데 장내는 침묵에 휩싸였다.

3개 기사단 단장과 부단장들이 모인 가운데 명령이 떨어지기만을 기다리는 상황.

로빈슨 황실 기사단장은 황제를 지근거리에서 수행하는 레베카에게 물었다.

"폐하께 들은 건 없나?"

"그것이……."

"경이 직접 폐하께 보고를 했지. 그러니 뭔가 반응을 보이셨을 것이 아닌가."

"도저히 믿을 수 없는 말씀을 하셔서 제 귀를 의심했습니다."

"어떤 반응을 보이긴 하셨다는 말이군?"

"맞습니다. 직역하면 '드래곤이 하는 짓이 귀엽다'고 말씀하셨습니다."

"……."

단장들은 자신들의 두 귀를 의심했다.

드래곤이 하는 짓이 귀엽다?

그냥 나타나는 것만으로도 재앙을 몰고 오는 괴물이 바로 드래곤이었다.

그런 드래곤을 귀엽다고 표현하는 것은 도대체 무슨 상황일까?

레베카는 자신의 생각을 밝혔다.

"폐하의 행사에 어떤 사견도 끼어들 수 없는 것이나, 개인적인 느낌을 말씀드리자면 드래곤 따위는 폐하의 상대가 되지 않는다고 생각하신 모양입니다."

"뭐라고!?"

"허어, 폐하의 능력을 의심하는 것은 아니지만 그것은 너무……."

황제는 예측 불가의 인물이 맞다.

300년이나 살아온 인간이 어떤 생각을 가지고 있는지 일반적인 머리로는 예측이 어렵다.

하지만 황제가 그런 말을 했다면 한 가지는 확실하다.

드래곤을 죽이기로 결정했다는 것.

실제로 드래곤을 죽일 수 있을지는 해 봐야 알겠지만, 최소한 도전하여 전투를 벌이겠다는 의사가 엿보인다.

그들의 생각을 증명하듯 근위 기사 한 명이 급하게 회의장으로 뛰어 들어왔다.

"단장님!"

"말해라. 여기 있다."

"폐하께서 황실 기사단만 호출하셨습니다!"

"전원이 아니라?"

"직접 광룡을 처단하신다고 합니다! 여행에 필요한 약간의 호위만 필요하시다고……."

"허어."

황제의 의도는 명백하게 드러났다.

그러자 장내는 충격에 휩싸였다.

광룡의 등장과 함께 제국은 숨을 죽이기 시작했다.

드래곤이 제국에 위협을 가하는 것은 타국에서 선전 포고를 하였거나 내부에서 반란이 일어나는 일과는 차원이 달랐다.

역사적으로도 드래곤의 등장 때문에 제국이 멸망할 뻔한 적이 몇 번 있었다.

드래곤은 그 자체만으로도 괴물이었지만, 피어로 몬스터를 다룬다.

본인만 날뛰는 것이 아니라 놈의 세력권 안에서 활동하는 모든 몬스터들이 떼로 몰려온다는 뜻이다.

사건은 황제의 귀에 들어간 상태.

황제가 결단을 내리면 곧바로 그 소식이 제국 전체로 퍼진다.

모든 사람들이 황실을 주시하고 있었다.

그리고 오늘, 황제는 공식적인 움직임을 보였다.

제도 성채 앞에 중앙군 1만과 황실 기사단이 완전 무장을 한 채로 대기했다.

뿌우~!

황궁이 열리며, 나팔 소리가 길게 울려 퍼졌다.

백성들은 다들 황제를 보기 위하여 몰려왔다. 그러면서도 황제가 지나갈 수 있도록 길을 만들었으며 그 앞에 꿇어 엎드렸다.

이런 상황임에도 불구하고 타로스는 권태로운 표정을 지으며 가마에 올라 있었다.

출정은 출정이기에 갑옷은 갖추어 입었다.

모두가 기대감 가득한 상황이다.

'이번 일을 처리하고 돌아오면서 몇 가지 유물과 신화를 얻어야 한다.'

이제 곧 겨울이다.

지금이 아니면 돌아다니기 곤란한 계절이 온다. 그러니 봄이 오기 전까지 최대한 무장을 한다.

1만의 병력과 200명에 이르는 기사단을 끌고 다니면서 휩쓸면 웬만한 도적들이나 몬스터 떼는 접근도 못 할 것이고 유물이나 신화를 얻기에도 편하다.

때마침 이벤트도 터졌으니 이만한 명분도 없었다.

저벅. 저벅. 저벅.

타로스는 모두가 숨을 죽이고 있는 가운데 성벽을 올랐다.

상당히 여유롭고 오만한 걸음이, 마침내 성벽 위에 섰다.

그가 모습을 드러내자 우렁찬 목소리가 울려 퍼졌다.

"전 구—운!"

"추우웅!"

척척!

1만의 병력과 기사단은 한 치의 오차도 없는 제식을 보였다.

타로스가 주변을 한 번 쭉 둘러보더니 외쳤다.

"광룡 카이너스를 처단할 것이다."

"와아아아아!"

타로스는 한마디를 하고 내려왔을 뿐이다.

최근 들어 타로스의 인기는 백성들 사이에서 빠르게 치솟고 있었다.

전격적인 세제 개편이 백성들의 삶을, 어렵지만 버틸 수 있게 해 주면서 굳건한 믿음을 만들어 내고 있었다.

타로스가 성벽에서 내려와 마차에 올라타는 순간까지 그 외침은 제도를 가득 채우며 울려 퍼졌다.

제9장
비욘 공작령

개국 공신 가문 비욘 공작령.

개국부터 지금까지 비욘 공작가는 중립을 표방하고 있었으며, 그 태도는 아직까지 유지되고 있었다.

그러나 얼마 전 제도에서 황권에 도전한 라이톤 공작의 몰락을 보며 가문의 가신들은 물론이고, 랭턴 공작까지 황제에게 우호적인 태도를 보였다.

세제 개편안이 통과되었을 때, 가장 먼저 황제의 '권고'에 응한 사람이 바로 랭턴 공작이었다.

올해 잠깐 손해를 보더라도 전쟁이 벌어지면 가문은 부흥할 수 있다.

무려 이번 전쟁에서 8만이나 되는 병력을 동원했고, 그것은 최소한의 수비 병력을 제외한 전원이었다.

국토의 50%가 늘어나는 만큼이나 비용 공작도 사활을 걸 수밖에 없었다.

그런 와중에 광룡이 나타났다.

역사서에서도 몇 번 등장한 적이 있는 레드 드래곤 카이너스는 주기적으로 제국과 전쟁을 벌여 왔고, 그때마다 제국은 휘청거렸다.

그나마 역사에서는 황권이 매우 강력했고, 중앙군도 최소한 30만 이상을 유지하고 있었기에 막아 낼 수 있었던 것인데, 지금의 상황은 매우 좋지 않았다.

황제가 정사에 관여하고 있었으며, 전쟁으로 황권을 강화하려는 움직임을 보였으나 아직 중앙군이나 기사단 충원은 되지 않고 있었다.

제후들은 몸을 사리고 있는 와중이었고, 이대로라면 공작령 자체가 박살 날 것이다.

그러던 와중에 황제가 움직였다는 보고가 들어왔다.

"전하! 폐하께서 3일 후면 도착하신다고 합니다!"

"3일!?"

"예! 그때까지 어떻게든 시간을 버시라고······."

"오오, 그거 다행스러운 일이로구나. 총동원령을 내리셨나?"

"1만의 병력과 황실 기사단을 동원하셨습니다."

"뭐라? 1만? 그 정도로는 무리다."

공작의 미간이 좁아졌다.

드래곤이 괜히 광룡이라 불리는 것이 아니다.

한 번 나타날 때마다 최소한 수백만의 백성들이 죽어 나가고, 군대도 괴멸에 가까운 타격을 입었기에 문제가 되는 것이다.

제국의 모든 귀족들이 전쟁이 아니라 다가올 재앙을 대비해야 한다고 말하고 있는 이때였다.

그런데 황제는 무슨 생각으로 소수의 병력만 움직인 걸까?

총관은 그 이유에 대해서도 보고했다.

"정확하게는 폐하께서 광룡을 처단하신다고 공표하셨습니다."

"허어, 광룡의 처단이라?"

"직접 일대일 전투를 벌여 광룡을 죽이겠다고 하셨습니다. 1만 병력과 기사단은 그저 호위를 위함이라고……."

"……."

공작의 이마에서 식은땀이 흘렀다.

황제에게는 드래곤 블러드가 섞여 있다.

이는 혈통으로 이어지는 것이 아니라 황제가 직접 얻은 것이었고, 불멸왕이라는 칭호를 얻을 수 있었다.

물론 드래곤 블러드가 단순히 드래곤의 피를 의미하는 건 아니다. 영혼의 정수라 할 수 있는 드래곤 하트를 고도로 농축한 원기를 흡수하였다고 한다.

그렇다고 해도 드래곤과 일대일 전투를 벌여 승리할 수 있을까?

이번에 황제가 상대해야 할 고룡은 무려 9천 년을 살아왔다. 그만큼 각종 마법과 이 세상의 모든 무학에는 통달해 있을 것이다.

총관이 물었다.

"폐하께서 승리하실 수 있겠습니까?"

"…승리를 하셔야만 한다."

"패배하시면 어떤 일이 벌어질까요?"

"이미 각 영주들은 어떻게 해서든 물자를 수입하여 병력을 무장시키고 있다. 황제께서 패하시고 행여나 목숨이라도 잃으시면 그 군대는 제국 내부를 휩쓸 것이다."

"으음, 최악의 상황이 오겠군요. 제국은 갈가리 찢길 겁니다."

총관은 침음을 삼켰다.

드래곤이 나타난 시기가 극히 좋지 않았다.

황제가 패배함으로써 제국이 끝장난다는 시나리오가 성립되기 때문이다.

공작은 자리에서 일어났다.

"선택의 여지는 없다. 우리는 폐하께서 승리하신다는 것에 모든 것을 건다. 지금부터 폐하를 맞을 준비를 하라."

황제의 어가는 인시드 강을 타고 서진했다.

비욘 공작령은 제국을 동서로 가로지르는 인시드 강과, 남북을 관통하는 에비뉴 강이 교차하는 지점에 위치하고 있었다.

무려 500년을 지속한 공작 가문답게 제국의 노른자위 땅을 소유하고 있었으며, 여기서 나오는 부는 상상을 초월했다.

거대한 강줄기가 교차되는 지점은 바다에 위치한 항구 도시에 버금갈 만한 교통의 요충지였다.

단기적으로는 공작이 망하는 것이 나을지 몰라도, 장기적으로는 반드시 지켜야 하는 영지였다. 그러니 승리해야 한다.

여기까지 오는 동안 타로스는 마차 안에서 마력을 액체에 섞는 방법과 원거리에서 마력을 날리는 연습을 했다.

파워드 킬이 발동되는 조건은 간단하다.

어떻게든 약간의 마력이라도 상대방에게 닿아야 한다는 것이다.

지금이 아니라 앞으로 일어날 일들에 대비하기 위해서도 마력을 다루는 연습은 필수적이었다.

지난 일주일 동안 쉬지 않고 연습하였고, 결국 타로스는 마력을 액체에 담아낼 수 있게 되었다.

찰랑!

마력이 주입된 위스키가 살짝 푸르게 빛난다.

점점 마력은 옅어지지만 최소한 30분 정도는 간다는 사실을 알아냈다.

동시에 마력을 날리는 연습도 어느 정도는 진행됐다.

퍼석!

타로스의 손끝에서 흘러나온 마력이 빠른 속도로 마차의 벽면에 스며들었다.

마력이 닿은 부분은 푸르게 보였는데, 이는 타깃팅 기능도 있었다. 다른 사람이 본다면 이렇게 선명하지는 않을 것이고, 황제의 마력을 느끼지도 못한다.

황제의 마력이라는 것은 파워드 킬만큼이나 사기적인 능력이 아닌가 싶었다.

마차가 멈췄다.

문이 열리자 찬 바람이 훅 치밀고 들어왔다.

이제 11월로 접어드니 날씨가 제법 쌀쌀해지고 있었다.

"폐하! 저 멀리 공작령이 보입니다."

"그런가?"

"그리고 상당한 병력이 이쪽으로 다가오고 있사옵니다."

"아마 공작이 마중을 나온 것이겠지."

"예! 깃발도 공작가의 것이지만 혹시 모르니 전투를 준비하겠습니다!"

"알아서 해라."

레베카가 나가자 마차 밖은 기사들이 분주하게 움직이며 진형을 갖추었다.

오직 황제의 마차를 보호하기 위한 방어진이다.

기사들과 병사들이 겹겹이 어가를 호위했다.

동쪽에서 밀려오던 병력은 어느 지점에서 멈추었고, 몇 기의 기수들이 달려온다.

랭턴 공작의 모습이 보였다.

공작은 마차 앞까지 달려오더니 그 자리에 넙죽 엎드렸다.

"만국의 지배자이신 황제 폐하를 뵙습니다!"

"황제 폐하 만세!"

벌컥.

타로스는 그 특유의 느릿한 걸음으로 마차의 문을 열고 나왔다.

기온을 조절하는 황제의 의복을 입고 있었지만 얼굴만큼은 어떻게 할 수가 없었다.

찬 기운 덕분에 귀가 다 시렸다.

타로스는 천천히 랭턴에게 이동하여 그의 어깨를 두드렸다.

"고생했다."

"화, 황공하옵니다!"

"타라. 날이 춥다."

"예, 폐하!"

웅성웅성.

별것 아닌 황제의 배려였지만, 주변이 술렁거리며 감탄을 자아낸다.

황제가 이렇게까지 타인을 챙기는 모습은 꽤나 충격적인 일이었기 때문이다. 그걸 알기에 랭턴 본인도 상당히 놀란 것이다.

스스슷.

공중 부양 마차가 출발한다.

이는 황제만이 누릴 수 있는 사치의 극치다.

마차를 공중 부양시키려면 항상 마법사가 마력을 주입해야 한다. 이 세상에서 마법사들은 매우 희귀한 존재였고, 그런 마법사들이 교대로 마력을 주입한다는 것은 귀족들도 함부로 할 수 없는 짓이었다.

"공작, 광룡은 어찌하고 있나?"

"일단 폐하께서 직접 오셔 협상하실 거라고 말했습니다."

"그랬더니?"

"협상의 내용이 마음에 들지 않으면 제국 전체를 박살 낼 것이라고 위협했사옵니다."

"광룡이 괜히 광룡은 아니로군."

"그, 그렇사옵니다."

공작은 도저히 황제의 내심을 파악할 수 없었다.

도대체가 긴장하는 기색은 하나도 없고, 지금은 드래곤을 죽이고 난 이후의 일에 대해서만 생각하는 듯했다.

"9천 년을 살아온 괴물이라면 그 크기도 만만치 않을 터. 경은 어떻게 생각하나?"

"족히 수천의 병력을 무장시킬 수 있는 부산물이 나올 것이라고 사료됩니다."

"가능하면 깨끗하게 죽이는 것이 관건이기는 한데."

"……그렇사옵니다."

공작이 놀라는 동안 타로스는 진지하게 생각에 잠겼다.

드래곤 부산물은 뼈와 비늘, 피 등이다.

피는 마법 시약으로 사용될 것이고, 드래곤 하트는 어마어마한 고가의 재료였으며, 이빨과 뿔은 드래곤 본을 뛰어넘는 강도를 지녔다.

비늘은 말할 것도 없이 최상급 갑옷의 재료다.

그걸 전쟁 전까지 가공할 수 있을까?

확실한 것은 옮기는 것도 만만치 않은 작업이었으며, 옮기다가 욕심 많은 영주나 타국 원정단을 불러들일 수도 있었다.

"처리 과정이 만만치 않겠구나."

"예, 여러 가지 문제를 발생시킬 수 있다고 보입니다."

"장인들을 불러 그 자리에서 해체를 해야겠는데. 사체를 옮기는 것은 어려운 작업이다. 게다가 바로 가공을 해야 마력이 날아가지 않을 테니."

"맞는 말씀입니다. 마력이 날아가지 않도록 처리하는 것이 최우선이지요."

타로스가 고개를 들어 공작을 바라봤다.

꽤나 긴장한 기색이 역력했다.

하긴, 랭턴 본인을 꺾은 제국의 2인자가 한순간에 터져 죽는 광경을 보았으니 긴장하지 않으면 그게 더 이상한 일이다.

"공작, 언제까지 중립을 지키고 있을 텐가? 짐은 대륙 일통을 위하여 움직이려 한다."

"……!"

"율리우스 왕국은 시작에 불과하지. 경이 살아 있을 때까지 과업이 완수될지는 모르겠으나 그 아들, 손자의 대까지 가면 반드시 완수할 수 있다. 짐의 수명은 아직 9,700년 정도가 남았거든."

"헉! 그게 진정이십니까?"

"혹시 아나? 짐에게 충성을 다하는 신하에게는 불로장생의 비밀을 전수해 줄지."

랭턴 공작의 동공에서 지진이 일어났다.

대륙을 일통하겠다는 황제의 꿈. 더욱이 넌지시 생명

연장에 대해서까지 거론하였다.

그것은 절대적으로 황제에게 충성하는 신하에게만 내려지는 특권일 것이다.

드래곤은 성질이 급하다.

이미 타로스가 여기까지 오는 와중에도 그 인내심이 바닥을 보이고 있을 것이다.

이 때문에 타로스는 여기까지 움직이는 동안 모든 영지들을 그냥 지나쳤다. 드래곤을 처리하는 일이 최우선이었기 때문이다.

어떤 영지에는 신화가 있고, 어떤 영지에는 유물이 있었다.

그런 모든 것을 지나쳐 왔는데, 공작의 영지에 도착하여 한가롭게 연회나 즐기고 있을 시간은 없었다.

광룡 카이너스에 대한 처리는 빠르게 진행되어야 한다.

타로스는 항구 도시 테베레를 그냥 지나치고 파괴된 지역으로 들어갔다.

몇 개의 마을이 드래곤 브레스로 인하여 완전히 날아갔기에 살아남은 사람은 존재하지 않았다.

불타 버린 마을을 지나자 광룡이 똬리를 튼 알키서스 산맥에 도착했다.

산맥 전체가 몬스터로 가득하다.

종류 불문, 웬만해서는 이런 식으로 뭉치지 않는 몬스터들이 우글거리는 것을 보니 카이너스가 제대로 작정한 것 같았다.

콰르르르릉!

쿠구구궁!

요란한 소리와 함께 마른하늘에 날벼락이 떨어진다.

회오리바람이 몰아쳤고, 엄청난 존재감을 뿜어내며 한 남자가 등장했다.

게임에서야 상당한 존재감이었지만 실제로 보니 조금 황당한 느낌이 드는 등장이었다.

-나는 대륙의 절대자이자 관조자인 레드 드래곤 카이너스다. 네가 바로 인간들의 황제인가?

"똥폼 잡지 말고 내려오거라. 네놈이 원하는 것이 대화라면 그럴 의향이 있다."

제10장
레드 드래곤 카이너스

-뭣이!?

　"네놈이 원한 것이 대화가 아니었더냐."

　-하하하하!

　피어가 섞여 있는 웃음이 울려 퍼진다.

　레벨이 높은 기사들은 피어에 대항하였으나 병사들은 뒷걸음질을 치기도 했다. 물론 레벨이 낮은 타로스는 HP가 깎여 나갔다.

　[강렬한 피어로 인하여 -30의 대미지를 입습니다.]

　[견고한 정신이 피어를 무효로 돌립니다.]

　견고한 정신이 아니었다면 상태 이상에 걸렸을 거라는

뜻이다.

대폭 HP가 깎여 나갔지만, 몸이 어떻게 될 정도는 아니다. 그동안의 사냥으로 레벨은 25를 헤아리고 있었으니까.

후반부로 갈수록 레벨을 올리기가 매우 어렵고 지금도 꽤 느렸지만, 드래곤을 잡으면 폭렙이 예상된다.

그러니 타로스의 눈에는 눈앞의 드래곤이 먹잇감으로 보이는 것이다.

카이너스는 주변의 임팩트 효과(?)를 모두 지우고는 서서히 하강했다.

이렇게 보니 그냥 20대 청년 같았지만, 레벨만으로도 주변의 모든 것을 압도했다.

카이너스 LV. 100
에인션트 드래곤

무려 만렙이다.

원작에서 타로스가 레벨 100이었다.

실제로는 타로스 황제와 7주야를 밤낮없이 싸우다가 간신히 이겼는데, 이는 드래곤이 타로스의 마력을 튕겨 냈기 때문이다.

즉, 마력을 원거리에서 투사하는 건 불가능하였고, 카

이너스 스스로가 타로스의 마력을 마셔야만 했다.

이 과정이 가장 중요한 부분이기도 하다.

성격이 개차반이고 다혈질인 원래의 타로스라면 물불 안 가리고 검부터 날렸겠지만, 지금의 타로스는 그렇지 않았다.

황제가 손짓하자 바로 의자와 테이블이 대령되었다.

"레베카, 제국 명주를 가져와라."

"존명!"

피어로 인하여 몸이 살짝 굳어 있던 레베카는 살짝 떨리는 손으로 술을 내려놓았다.

눈앞에서 드래곤이 노려보고 있는 것만으로도 어마어마한 압박감을 만들어 낸다.

이미 제국군 지휘관들이나 랭턴 공작은 살이 떨려서 이쪽을 잘 쳐다보지도 못하고 있었다.

"그래, 레드 드래곤 카이너스. 짐을 보고자 했다지?"

"호오, 인간 주제에 거침이 없구나. 드래곤 블러드를 믿는 모양이다만, 그것만으로는 나를 이길 수 없다."

"……!"

사람들의 눈동자가 흔들렸다.

황제가 드래곤 블러드를 얻었고, 그것으로 영생을 누린다는 소문은 있었다. 하지만 그걸 드래곤이 확인시켜 준 발언이다.

"네놈이 죽이고 흡수한 발키어스는 나와는 별 접점이 없었으나 동족을 죽인 원수라는 것은 변함이 없지."

"그래서?"

"공물을 바친다면 자비롭게 넘어갈 줄 수 있다."

"그 수준이 궁금하구나."

"매년 미녀 3천 명과 기술자 1천 명, 금 100톤이다. 또한 제국 북부는 나의 땅으로 선포될 것이다."

"허어."

술렁거림이 일었다.

누가 보아도 터무니없을 정도의 요구였다.

이건 공물 수준이 아니었다.

매년 금 100톤에 막대한 기술자와 여자들, 그리고 영토를 빼앗긴다면 황제의 권력은 대폭적으로 축소될 것이다.

아니, 그 수준을 넘어서 금 100톤을 매년 공물로 내면 금 본위제인 제국은 단숨에 무너진다.

1톤도 아니고 100톤이라니.

'내가 이 정도로 설계를 했었나?'

눈앞의 드래곤은 경제적인 관념 자체가 없는 모양이다.

꿀꺽!

과연 타로스가 이를 받아들일 것인지, 말 것인지 다들 시선을 집중하고 있었다.

황제는 공작령으로 출발하기도 전부터 드래곤을 없애

버리겠다고 공언했다. 그러니 이제 와서 물러난다면 제국을 운영하기 힘들 정도로 정치적인 타격을 입게 될 것이다.

타로스는 제국 명주 킬 오브 파이어에 마력을 채웠다.

설정대로라면 드래곤은 마력이 주입되는 것을 볼 수 없을 것이다. 아무리 드래곤이라고 해도 창조주의 설정을 뒤집을 수는 없을 테니까.

이것이 바로 타로스가 주야장천 마력 주입을 연습했던 이유다.

쪼르르륵.

핏빛처럼 붉은 술이 잔에 채워졌다.

"이것이 제국의 명주이다. 맛을 한 번 보겠나?"

"그래야 할 이유는?"

"독 따위는 들지 않았다. 앞으로 어떤 상황이 오건 이야기를 나누는 게 마지막이 아니겠느냐."

카이너스는 술잔을 물끄러미 바라보더니 피식 웃었다. 그러고는 단숨에 술잔을 비운다.

정확하게 타로스의 마력이 카이너스의 배 속에 심어졌다.

타로스는 속으로 터져 나오는 웃음을 간신히 참으며 카이너스에게 물었다.

"네놈은 짐에게 무슨 억하심정이 있느냐? 드래곤이 그

렇게 동료애가 강했던가?"

"대륙은 드래곤들의 것이다. 너희 인간들의 것이 아니지."

"결국 대륙을 정복해 보시겠다?"

"충실한 인간들은 살아남을 것이다."

"아주 개소리도 아름답게 하고 있구나. 네놈이 조건을 달았으니 내 조건도 들어 보아야 하지 않겠느냐?"

"조건?"

"짐의 조건은 이렇다. 죽더라도 가죽을 남길 것. 네놈의 경우에는 피와 뼈, 비늘, 뿔, 이빨까지 모조리 남겨야 한다. 드래곤 하트는 어쩔 수 없이 파괴될 것이나 그것도 잘 긁어서 사용해 주마."

"허억!"

주변에서 긴장감 어린 얼굴로 대화를 지켜보던 사람들이 경악했다.

도대체 황제가 무엇 때문에 드래곤과 대화를 원했는가 싶었는데, 화를 돋우기 위하여 작정한 것이다.

타로스는 슬슬 자리에서 일어났다.

"그러므로 네놈은 대결에 임하기 전에 폴리모프를 풀고 현신해 주어야겠다. 그래야 원하는 부산물을 얻을 것이 아니냐."

"이노오오오옴!"

타로스가 손을 들어 올렸다.

"닥치고 현신해라."

"원하는 대로 죽여주마! 너희들은 이곳에서 누구도 살아 나갈 수 없으리라!"

쿠구구구구!

드래곤이 현신하기 시작하였다.

어마어마하게 덩치를 불려 나가는 드래곤은 커다란 날개를 펼쳤으며, 날카로운 발톱과 이빨, 붉은 비늘을 드러냈다.

9천 년을 살아온 드래곤이라고 하더니 크기가 무지막지했다.

타로스는 랭턴 공작을 불렀다.

"공작, 전속력으로 물러나라."

"화, 황명을 받드옵니다!"

콰과과과!

제대로 열 받은 카이너스는 목 부분에서 대량의 마나를 충전하고 있었다.

저건 브레스의 징조였다.

단숨에 타로스를 태워 죽이기 위하여 준비하고 있는 것이다.

타로스는 휘적휘적 공터로 나왔고, 전군은 빠르게 물러나기 시작했다. 또한 좌우로 갈라져 멀찍이 떨어졌다.

브레스가 가격될 것이라고 짐작되는 부분은 피했고, 군대는 동서로 자리를 잡았다. 도망가는 사람은 없었다.

만약 황제가 이 자리에서 패한다면 카이너스의 짐작대로 누구도 살아남을 수 없을 것이므로.

비욘 영지의 가신들이 뒤늦게 도착했다.

황제는 넓게 펼쳐진 분지 한가운데서 권태로운 표정을 지으며 서 있었고, 드래곤은 브레스를 사용하기 위하여 마력을 끌어 올렸다.

잘못하면 떼 몰살을 당할 위기였지만, 랭턴 공작은 가신들을 탓하지 않았다. 어차피 황제가 패하면 가장 먼저 비욘 영지가 날아갈 것이기 때문이다.

"영주님! 도대체 지금이 무슨 상황입니까?"

"예정대로 폐하께서 드래곤과 일대일 대결을 벌이시는 거다."

"지, 진심으로 하신 말씀입니까?"

"보라."

"그런……."

총관을 비롯한 영지의 관료들은 경악한 채로 드래곤을 올려다보았다.

드래곤은 어쩐 일인지 잔뜩 화가 나 있었다.

랭턴 공작은 굳이 드래곤이 왜 저렇게 화가 났는지 설

명하지는 않기로 했다.

고오오오!

콰과과과!

"브레스입니다!"

일직선으로 모든 것을 태워 버리며 강렬한 화염이 황제의 머리 위에 쏟아졌다. 그러자 황실 기사들은 차라리 눈을 질끈 감아 버렸다.

저런 마력이 담긴 브레스라면 최소한 헬 파이어 수준이었는데 황제는 피할 생각도 하지 않았다.

고스란히 브레스를 맞았으니, 사체조차 수습할 수 없을 것이라고 여긴 것이다.

"아아!"

감탄이 쏟아졌다.

그들은 눈앞에서 지상 최강의 생명체를 보고 있었다.

결코 인간은 상대할 수가 없음을, 대적을 하는 자체가 어리석은 일임을 다시 한번 상기시키고 있었다.

브레스는 짧고 강렬하게 쏟아졌다.

잠시 후 황제가 서 있던 자리는 초토화되었다.

용암은 빠르게 식어 갔고, 사람 하나 설 자리를 제외하고는 완전히 반파됐다.

브레스를 쏜 드래곤이나, 그걸 지켜보는 사람들이나 멀쩡한 황제의 모습을 보고는 경악했다.

"폐하께서 브레스를 막으셨습니다!"

"뭣이!?"

"멀쩡하십니다! 옷깃 하나 상하지 않으셨습니다!"

"허어! 드래곤 브레스를 막아 내셨다고!?"

황제가 괴물이라는 것은 모두 알고 있었다.

이미 그 무위를 콜로세움에서 확인한 랭턴 공작이었다.

그러나 드래곤은 좀 다른 문제다.

카이너스 본인이 말했듯 드래곤은 지상 최강의 생명체였으며 그 누구도 대적할 수 없게 창조되었다.

그러나 황제는 멀쩡했다.

어떤 상처도 없었으며, 심지어는 머리카락 한 올, 옷깃 하나도 손상되지 않았다. 이는 드래곤 브레스를 완벽하게 막아 냈다는 뜻이다.

황제는 당혹함이 역력한 카이너스를 향해 검을 겨누었다.

"이게 끝인가? 그럼 이제 죽어라."

쿠아아아아앙!

"……!"

오색의 찬연한 빛이 드래곤의 몸 전체를 감싸며 폭사되기 시작하였다.

ㅡ끄아아아악!

황제에게 도전하였던 라이톤 공작은 억, 소리도 내지

못하고 죽었다.

눈앞의 존재는 그래도 드래곤은 드래곤인지, 짧고 격렬한 비명을 지르며 분해되기 시작했다.

강렬한 마나가 대지를 감싸고 하늘을 떨어 울렸으며, 조각조각 난 드래곤의 사체가 하늘에서 피 분수를 만들어 내며 떨어졌다.

"……."

저벅저벅.

모두가 숨을 죽이고 있는 상황이다.

타로스는 차갑게 식어 가기 시작한 대지를 밟으며 움직였다.

황제의 의복이 좋기는 했다. 웬만한 열기는 막아 주었으니까.

브레스를 막았다고 해도 직후에 열기에 노출되어 하마터면 웃긴 꼴을 당할 뻔했다.

후두두둑!

여전히 드래곤의 사체가 분해되어 떨어지고 있었다.

안타깝게도 드래곤 블러드의 상당수가 유실됐다. 피가 사방으로 튀었기 때문이다. 하지만 피를 머금은 흙을 파서라도 마법사들이 가져갈 것이다.

드래곤 하트는 박살 난 것으로 보였고, 육체가 오체분

시 되면서 조각조각 부산물들이 떨어지고 있었다.

유실이 상당하기는 하지만 그래도 무구로 탈바꿈될 수 있을 것이다.

"폐하!"

"괜찮으십니까!?"

랭턴 공작과 황실 기사들, 그리고 공작가의 가신들과 병사들까지 몰려왔다.

타로스는 손을 들어 병력을 제지했다.

"지금 떨어진 사체들은 귀중한 자산이다. 밟지 마라."

"조, 존명!"

기사들이나 귀족들까지는 막지 않았기에 그들은 타로스의 발치까지 달려와 무릎을 꿇었다.

"폐하! 사악한 드래곤이 폐하의 손짓에 폭사되었사옵니다!"

"그 과정에서 실수가 좀 있었군."

"실수라니요!?"

타로스는 주변을 둘러봤다.

그들은 드래곤을 죽였다는 것만으로도 만족하는 모양이었지만, 타로스는 아니었다.

"멀쩡한 상태로 죽어 달라고 그리도 부탁하였건만, 이리도 사지가 찢겨 죽을 줄이야. 미처 예상치 못했느니라."

제11장
사후 처리

거대한 덩치를 가진 에인션트 드래곤이 죽은 후, 사후 처리가 진행됐다.

이미 황제는 드래곤 스케일과 본, 블러드 등을 가공하기 위하여 황실 마법사들을 데려왔고, 그들은 바로 그 자리에서 캠프를 차려 사체를 처리했다.

기본적으로 드래곤은 항마력을 가지고 있는 존재였다.

드래곤이 가지는 상징성은 단순히 그들이 최강의 종족이라는 데만 있지 않았다. 그들의 피부와 뼈 등은 마법을 무효화하는데 특화되어 있었으며, 마나를 사용하는데 있어 어떤 제약도 받지 않도록 전신이 마나 전도체로 이루어져 있다.

그 단단함도 이루 말할 수가 없었지만, 마나가 모두 빠져나가기 전에 가공을 하면 훌륭한 항마력을 가진 무구로 재탄생한다.

특히나 에인션트 드래곤 정도의 항마력과 마나 전도체를 가진 육체는 부르는 것이 값일 정도였는데, 얼마나 빠르게 가공 처리를 하느냐가 관건이었다.

비록 황제가 드래곤을 조각조각 찢어 버려 최상급은 아닐지 몰라도, 9천 년 동안 응축되어 있는 마나였기에 이것이 얼마나 큰 성능을 발휘할지 알 수 없었다.

알키서스 산맥 캠프에는 마법사들이 밤잠을 설쳐 가며 가공을 하고 있었다.

캠프를 진두지휘하는 자는 황궁 수석 마법사 리카드로 궁정 후작이다.

한창 바쁘게 일해야 하는 시간에 리카드로 궁정 후작은 한 노인과 실랑이를 벌이고 있는 중이다.

"노친네, 나도 좀 끼어 달라니까?"

"이 망할 노친네가 드디어 노망이 난 겐가? 함께 가자고 분명히 공문을 보냈을 텐데? 그걸 씹어 버린 것이 누구였더라?"

"오고 있었다니까. 겨우 몇 시간 늦은 것으로 이렇게 야박하게 굴 텐가?"

"야바아악!? 감히 폐하께 불충한 생각을 품은 것이 아니냐!? 헛소리하지 말고 썩 꺼지거라!"

"아니라니까 그러네! 오다가 도적 떼를 만났어!"

"도적 같은 소리 하고 있구나. 폐하께서 가시는 길에 도적이 있었을 리가 만무하지. 겨우 몇 시간 후에 쫓아왔다면 도적을 만날 시간 따위는 없었을 터."

마탑주 그랑카인은 어떻게든 리카드로 후작을 설득하려 하였다.

그들은 모두 황실 아카데미 출신으로 동기였다. 둘 모두 아카데미 시절부터 신동으로 소문이 났었고 경쟁자였다.

동기였기에 친구라고 표현하기도 하지만, 그들이 지금까지 대립한 세월이 40년이었다.

만나기만 하면 싸우는 통에 제자들이 진땀을 흘렸는데, 이렇게 대립이 일어나면 전투로 이어지기도 했다.

물론 감히 황제가 지근거리에 있는 가운데에서 물의를 빚는다는 건 있을 수가 없었다.

황제의 권위는 이루 말할 수 없을 정도로 다져졌다.

라이톤 공작을 찢어 버린 것으로도 모자라 에인션트 드래곤을 일격에 오체분시 했다. 그런 괴물은 인간이 어찌할 수가 없는 존재였다.

"자네가 말을 좀 해 주게! 순도 높은 드래곤 블러드를 얻기 위하여 얼마나 노력해 왔는지 알잖나?"

"흥! 그럼 바로 참전했어야지. 상황을 봐서 행동하려

했던 걸 누가 모르겠나? 폐하께서 용인하시겠나?"

그랑카인 후작은 혀를 찼다.

분명히 황제는 그들에게 '권고'했다.

명령은 아니었다고 하지만 드래곤 블러드를 얻을 수 있는 기회를 준 것이다. 문제라면 그들이 황제를 100% 믿지 못했다는 거다.

설마하니 에인션트 드래곤을 이런 식으로 죽여 버릴 줄이야.

그래도 드래곤 블러드는 귀중한 시약 재료였으므로 좀 더 떼를 써 보기로 했다.

"드래곤 블러드를 얻기 전에는 돌아갈 수 없다니까!"

"이런 미친 늙은이가? 드디어 벽에 똥칠할 때가 된 게지!"

싸움이 심화될 조짐을 보이고 있었다.

캠프를 한 바퀴 순찰하고 있던 랭턴 공작이 소란을 보더니 달려왔다.

"지금 뭣들 하는 짓거리인가!?"

"전하! 간만에 뵙습니다!"

"마탑주? 왜 이리 늦었나? 분명히 폐하께서 그대들을 부른 것으로 아는데."

"아이고, 말도 마십시오! 오다가 도적 떼를 만나는 바람에……."

"닥쳐라! 그런 변명이 폐하께 통할 것이라고 생각하나?"

"……."

"황실을 능멸한 죄가 얼마나 큰지 몰라서 지껄이는 것이야?"

그랑카인은 그 오만한 고개를 숙였다.

마법사는 괴팍한 존재들이었고, 특히나 제국민이지만 군대 소속은 아닌 마탑은 특권 의식과 함께 오만함에 찌들어 있었다.

그런 그랑카인이 고개를 숙이니 오히려 황실 마법사들이 놀라고 있었다.

그나마 황실 마법사들은 군인 신분이라 상명하복이 명확하였으나, 마탑의 존재들은 그런 의식도 없었기 때문이다.

"전하! 폐하를 만나게 해 주십시오!"

"폐하를? 무슨 낯짝으로?"

"이번에 마법의 혁신을 줄 수 있는 텔레포트 마법진을 개발 중에 있습니다! 이를 위해 드래곤 블러드가 필요할 실정입니다."

"그렇게 드래곤 블러드를 원했다면 목숨이라도 걸었어야지. 이는 충심을 의심케 하는 일이네."

"알고 있지요. 그래서 간곡하게 부탁하는 것 아닙니까?"

그랑카인은 간절하게 청했다.

랭턴 공작은 눈깔이 반쯤 뒤집혀 있는 노 마법사를 보며 혀를 찼다.

목숨은 아깝고, 원하는 것은 얻고자 한다. 이런 꼴을 보면 황제가 과연 어떻게 할까?

하지만 마냥 무시만 할 수도 없는 것이, 마탑은 제국의 중요한 전력이었다.

지금이야 민간에 있지만 전쟁이 터지면 징집할 수 있다. 뿐만 아니라 유일하게 황제의 명령을 듣는 존재들이기도 했다.

하는 짓은 얄밉지만 처우 또한 황제가 결정할 일이다. 자신의 선에서 잘라 버릴 수가 없다는 뜻이다.

'폐하라면 이들과 거래하여 이익을 취하려 하실 테지.'

랭턴 공작은 계산을 끝마쳤다.

"몸을 정갈히 하고 대기하라. 폐하께 보고는 해 볼 것이나 어떤 처결이 내려질지는 본인도 짐작할 수 없다."

"그 정도면 충분합니다."

마탑주가 허리를 굽히는 신기한 광경은, 그만큼이나 드래곤 블러드가 중요하다는 의미였다.

캠프에 설치된 임시 막사.

전투를 마친 타로스는 사후 처리에 대해 생각했다.

일단 산맥에는 몬스터가 우글거렸기에, 이것도 처리해야 한다.

원래 그것은 공작이 알아서 할 일이었지만, 타로스도 관여할 수밖에 없다. 드래곤 레어를 털어 내야 하기 때문이다.

드래곤 레어에는 전설급의 유물이 있다. 그걸 지금부터 사용하여 스토리가 끝나는 순간까지도 요긴하게 쓸 수 있을 것이다.

그러니 영지로 돌아가면 바로 토벌 계획부터 세워야 한다.

드래곤의 사체는 처리 중에 있다.

생각보다 파워드 킬의 파괴력이 강력하여 드래곤의 사체가 산산조각 난 것은 유감스러운 일이다.

온전한 상태였다면 약 30% 이상은 무구가 더 생산되었을 테니까.

그래도.

지금의 상태만으로도 가공 처리를 하면 대략 2천 벌 이상의 무구를 생산할 수 있다. 타로스 휘하 기사들을 모두 무장시키고, 추가로 증원될 기사단과 수석 백인장급의 일부까지 무장이 가능할 것 같다.

물론 무구들은 모두 황실의 소유이고, 대여하는 형태가 될 것이다. 더불어 공작에게도 대가를 주기는 해야 한다.

드래곤 본으로 만든 검과 드래곤 스케일 아머 몇 벌이면 충분하려나?

타로스가 그러한 고민에 빠져 있을 때였다.

"폐하, 랭턴 공작이 알현을 청하옵니다."

"들라 하라."

타로스는 세상만사 다 귀찮은 것처럼 비스듬하게 누워 공작을 맞았다.

그러거나 말거나 공작은 매우 공손한 자세다. 부동자세로 꼿꼿하게 군기가 바짝 들어 있었다.

"폐하! 보고 드릴 일이 있습니다."

"말해라."

"마탑주가 마법사들을 이끌고 뒤늦게 찾아왔습니다."

타로스는 피식 웃었다.

"목숨이 아까웠던 모양이군."

"개인적으로는 황당할 지경이옵니다. 몸을 사리다가 드래곤이 죽고 나니 블러드를 챙기기 위해 부리나케 달려오다니요?"

"확실히 그것은 사리에 맞지 않는 일이기는 하지."

"쫓아낼까요?"

타로스는 손들 들어 제지했다.

분명히 그랑카인의 행동은 도를 넘어선 면이 있었다.

상식적으로는 전혀 공로가 없기에 드래곤 블러드는 하

나도 가져갈 수 없었다.

마법 시약으로 사용되는 드래곤 블러드는 황실의 소유다. 황실 마법사들이 사용할 것이며, 일부는 랭턴 공작에게 나누어 주기로 결정했다.

그런데 여기서 마탑이 끼어든다?

원 스토리의 타로스라면 마탑주를 불러 단숨에 죽여 버렸을 것이다. 괘씸죄로 말이다.

하지만 그건 미치광이 황제의 입장이었고, 현대인이 빙의된 타로스는 그리 생각하지 않았다.

"불러라. 염치없이 찾아왔다면 대가를 받아야지."

"명을 받듭니다."

하나를 얻으면 하나를 내어 주는 것.

그것이 바로 정치다.

황제의 막사로 마탑의 마법사들이 찾아왔다.

그들의 표정은 하나같이 굳어 있었는데, 도저히 황제의 어심을 읽어 내기가 어려웠기 때문이다.

그랑카인은 식은땀을 흘렸다. 가히 괴물을 보는 느낌이었다.

'어떤 표정의 변화도 읽히지 않는다. 기세조차 변하지 않아. 그저 세월과 권태감에 찌들어 있는 모습이니…….'

300년을 살아온 괴물.

지금까지 있었던 이야기를 들어 보니 황제는 드래곤의 정수를 취했다고 한다. 그것도 300년 전에 말이다.

드래곤이 직접 한 이야기였으니 믿을 수 있었다.

그가 죽지 않는 이상, 제국은 무너지지 않는다. 이제 황제가 움직이기 시작하였으니 앞으로 절대 권력을 쌓아 갈 것이다.

그런 황제에게 무언가를 얻어 낸다?

아주 강력한 대가를 주어야 한다.

"황제 폐하를 뵙습니다!"

"황제 폐하 만세!"

자존심 강한 마법사들이 무릎을 꿇고 만세를 외쳤다.

이건 꽤나 진귀한 광경이다.

마탑의 마법사들이 어디에서 무릎을 꿇어 봤다는 소리는 누구도 들어 본 적이 없었으니까.

또한 그걸 받아들이는 황제는 따분하게 와인을 마시고 있었다.

"마나를 다룬다는 놈이 염치도 없구나."

쿵!

"황공하옵니다!"

"그러고도 짐을 대면할 정도라면 뭔가 제안할 것이 있겠지. 말해라."

그랑카인의 이마에서 굵은 땀방울이 흘러내렸다.

여기서 한마디라도 말을 잘못했다가는 바로 목이 떨어질 것 같았기 때문이다.

굳이 황제가 나설 필요도 없다. 이런 좁은 공간이라면 마법사들에게 절대적으로 불리하였고, 랭턴 공작만 나서도 모조리 모가지가 분리될 것이다.

마나를 사용하여 간신히 두려움을 떨쳐 낸 그랑카인이 입을 열었다.

"텔레포트 마법진을 연구하고 있사옵니다! 거의 완성 단계인즉, 드래곤 블러드가 필요합니다. 완성한다면 가장 먼저 황실에 헌납할 것입니다."

"그건 당연한 일이지. 황실에 자금이 넘쳐흘러 지원을 하는 것이라 생각하나?"

"으음……. 대전쟁에 노신도 참전하겠사옵니다."

"그대가 직접?"

"그렇사옵니다. 전쟁 내내 종군할 것이옵니다."

황제는 무심한 얼굴로 그랑카인을 내려다보았다.

과연 수락이 떨어질까?

이 정도 무력을 지니고 있는 황제가 직접 나서면, 율리우스 왕국 따위야 단숨에 무너질 것이 확실했다.

그런 이유 때문인지 황제는 고개를 저었다.

"부족하다."

"무엇을 원하십니까?"

"제국의 품으로 돌아오라. 그대는 작위를 받고 궁정 귀족이 되어라."

"그것은……."

"드래곤 레어에 무엇이 있는지 궁금하지는 않느냐?"

"……!"

제12장
드래곤 레어

비욘 공작령의 수도 라기온.

이미 황제가 도착하기도 전에 광룡 카이너스가 죽었다는 소문이 파다하게 났다.

무려 9천 살에 이르는 에인션트 드래곤이 단 한 방에 무너졌다. 그것도 그냥 죽은 것이 아니라 갈가리 찢어져 드래곤 블러드가 스며든 흙을 마법사들이 퍼서 분류하고 있다고 한다.

충분히 소문이 나자 불안에 떨었던 영지는 안정되었다.

소문이 퍼지고 며칠이 되지 않아 황제의 어가가 도착했다.

마침, 황제는 얼마 전 전격적인 세제 개혁을 단행하였고, 그 와중에도 감세를 진행하면서 그 인기가 하늘을 찌르고 있었다.

민심이란 아주 단순해서 지금까지 어떤 일이 있었는가 보다는 현재 삶의 질이 좋아졌다는 것에 민감하게 반응했다.

영지가 안정되자 황제의 인기는 폭발했다.

"황제 폐하 만세!"

"와아아아!"

도저히 말릴 수 있는 수준이 아니다.

거리로 뛰쳐나온 백성들은 만세를 부르며 소리를 질러 댔고, 원래대로라면 병사들을 동원하여 찍어 눌러야 했지만 타로스는 거의 신경 쓰지 않았다.

"뭣들 하고 있나!? 군중들이 폐하께 달려들고 있지 않나!?"

"그냥 두어라."

"하오나, 폐하!"

"짐에게 위해를 가할 수 있는 존재는 이 세상에 없다."

"황공하옵니다."

아주 오만한 발언이었지만, 기사들은 반박할 수 없었다.

드래곤 브레스에도 피해를 입지 않는 황제였다. 그런데 이런 무지렁이 백성들에게 피해를 입는다는 것은 말이 되지 않는 일이다.

급기야 마차가 지나가는 길이 막히자 마력을 사용하여 공중 부양을 더 시킨 후 관통해야 하는지 마법사들이 물을 지경이 되었다.

황제에게서 의외의 명령이 떨어졌다.

"마차를 멈추어라."

"예!"

마차가 멈추고 타로스가 밖으로 나왔다.

황제의 어가가 멈춘 것은 처음 있는 일이었고, 그 덕분에 주변이 조금 경직됐다.

소리를 지르던 백성들도 설마하니 황제가 직접 나올 것이라고는 예상치 못했다.

한 아낙이 돌발적으로 황제에게 튀어나왔는데, 그는 손을 들어 기사들을 제지했다.

"폐하! 감사합니다!"

"……."

분위기가 더욱 경직되었다.

아무리 황제가 백성들을 위한 정치를 이번에 폈고 드래곤을 죽였다고는 하지만, 그건 어디까지나 정치적인 행동이 가미된 일이었다.

세제를 혁파한 것은 제국 전체의 경제를 생각한 일이었으며, 드래곤을 죽인 것은 그 누구도 광룡을 처리할 수 없었기 때문이다.

그러나 그런 사실을 백성들이 알 리가 없었다.

와락!

누가 보아도 추레해 보이는 40대 여인이 아이를 안고 황제에게 안겨 들었다.

이 충격적인 광경에 기사들은 어찌할 바를 몰라 했다.

감히 더러운 빈민 따위가 신성하고 지고한 존재인 황제에게 손을 대는 것은 있을 수조차 없는 일이다.

이 시대의 상식이 그러했으며, 잘못하면 영주의 목도 날아간다.

그걸 지켜보는 랭턴 공작도 심장이 철렁 내려앉았다.

그러나 타로스는 한 번 정도 퍼포먼스를 보여 줄 필요가 있다고 여겼다. 랭턴 공작을 자신의 편으로 완전히 끌어들이기 위해서는 말이다.

타로스는 안겨 있는 아낙과 아이의 등을 토닥였다.

"고생했노라."

"흐윽! 폐하!"

"와아아아아!"

이게 무슨 퍼포먼스인가 싶겠지만, 영지의 가신들이나 랭턴 공작, 기사들에게 있어서는 매우 충격적인 장면이었다.

만사를 귀찮아하는 것은 물론이고 마음에 들지 않으면 누구라도 죽여 버리는 황제가 이런 모습을 보였으니 말이다.

연회가 시작됐다.

황제가 상석에 앉아 있었고, 아름다운 무희들이 번갈아 가면서 춤을 추었다.

몸을 기울여 앉아 있는 황제의 양쪽에는 아름다운 시녀들이 시중을 들고 있었으나 역시나 황제는 여자들에게 관심 있어 하는 얼굴은 아니었다.

당연한 일이다. 그는 300년 이상 살아오며 권좌에 있었고, 역사적으로 이름난 미녀들을 겪어 왔으니까.

랭턴 공작은 인생사에서 굉장히 중대한 판단의 기로에서 있었다.

"아버지."

"왔느냐."

고심하고 있는 공작에게 막내딸 세실리아가 찾아왔다.

강력한 무가(武家)인 비욘가는 남녀를 불문하고 검술을 배운다.

뛰어난 능력을 보인다면 여성이라도 충분히 기사가 될 수 있었고, 특히 각 가문에서는 다음 대 가주를 배출하기 위하여 각고의 노력을 기울인다.

제후 가문에는 대대로 내려오는 검술이 있었고, 교육을 통하여 권력은 세습되는 경향을 보였지만 그것도 완벽한 것은 아니라 무가의 자식들은 모두 검을 잡는다.

세실리아도 마찬가지다.

그녀는 황실 기사와 맞먹을 정도의 무력을 소유하였으며, 일가를 이루는 것을 꿈처럼 여겼다.

그러나 일가를 이룰 수 없다면 정략결혼을 하는 것이 가문을 위한 길이라는 사실을 잘 알고 있었다.

"노선을 정하신 거군요?"

"그래, 그렇단다."

"어째서 그런 결정을 내리신 건가요?"

세실리아로서는 의문일 수밖에 없다.

개국 초부터 중립을 선언하였으며, 지금까지 끊임없이 영주들을 배출하며 지금의 지위를 유지하였다.

이는 운과 노력이 더해지지 않으면 제국에서 불가능한 일이었고, 그만큼 명가의 자부심을 가지고 있다는 뜻이다.

그런 공작이 황제에게 충성을 맹세하려 하니, 그 점을 세실리아는 이해할 수 없었다.

"저만한 강자가 대륙 일통을 하겠다, 선언하셨다."

"……!"

"폐하께서는 지금까지 나태하셨지만, 그렇다고 허언을 하지는 않으셨지. 군주에게 허언이란 없다."

명석한 세실리아는 바로 이해했다.

어떤 계기로 황제가 각성했는지는 모르겠지만, 그가 대륙을 일통하고자 마음먹었다면 반드시 이루어질 것이다.

황권은 말도 못하게 강력해질 것이며, 앞으로 권력의 지각 변동은 심해질 것이다.

황제의 편에 서지 않으면 낙오된다. 이미 황제는 어떤 귀족들에게 권력을 주어야 할지 시험을 하고 있는 것일지도 몰랐다.

"폐하께서는 유능한 군주이시며, 백성들을 생각한다. 이것만으로도 따를 이유는 충분하다."

대개 일국의 군주들은 백성들을 버러지처럼 여긴다. 백성을 위하는 길이 곧 자신과 국가를 위한 길임을 깨닫지 못하는 것이다.

그들은 특권 의식을 기저에 깔고 있다. 세상이 자신을 중심으로 돌아가고 있기에 백성을 긍휼히 여긴다는 건 있을 수 없는 일이다.

그런 면에서 보면 황제는 대단한 남자다.

"어쩌면 300년을 살아오시면서 체득한 것일 수도 있지."

"보다 확실한 관계였으면 하는군요? 라이너스 후작가처럼 말이죠."

"그래, 바로 그것이다."

물론 딸이 2황후가 된다고 해도 다음 대 황제라는 것 없이 불멸하는 타로스였기에 권좌가 세세토록 이어지지는 않겠지만, 이번 대 만큼이라도 안정이 되었으면 했다.

이것이 바로 랭턴이 원하는 그림이었다.

다만, 충성과는 별개로 딸이 마음에 들어야 2황후로 책봉된다.

정략결혼이라는 것도 어디까지나 신하의 입장인 것이지, 황제는 정략 자체가 필요 없는 사람이었다.

"제가 폐하의 호위 기사가 되겠습니다. 바로 황후는 무리더라도 어떻게든 가까워질 수 있겠죠."

"그래 주겠느냐?"

"폐하의 곁에 서면 공을 세울 기회도 많지 않겠어요?"

딸이 아버지를 지지해 주었다.

황제의 곁에서 많은 것을 보고 배운다면 그녀가 황후가 되지 않더라도 다음 대 가주가 될 수도 있는 일이다.

세실리아까지 이렇게 나오자 랭턴은 더 이상 고민하지 않았다.

저벅저벅.

그는 무희들이 잠시 돌아간 틈을 타서 황제의 앞으로 나왔다.

뭔가 비장해 보이는 표정이었기에 음악은 멈추었으며, 황제는 넌지시 그를 바라보고 있었다.

"삼가 황제 폐하께 말씀을 올리기를 간청 드리옵니다!"

지금까지 삐딱하게 앉아 연회를 즐기고 있던 황제가 바른 자세로 앉았다.

랭턴도, 황제도 무슨 일이 앞으로 일어날지 알고 있었다.

황제의 목소리가 울려 퍼졌다.

"허한다."

"신, 랭턴 지난 시간 가문의 죄를 청하기 위하여 이 자리에 섰사옵니다. 제국의 강역은 모두 폐하의 것이며, 이를 두고 저희 귀족들은 다투어 왔으며 본가는 오만하게도 오랜 시간 중립을 표방하였사옵니다."

"……."

황제를 제외한 모든 사람들의 눈에 이채가 흘렀다. 또한 놀람을 감추지 못했다.

랭턴 공작이 이 자리에서 충성을 맹세하게 될 줄은 몰랐기 때문이다.

황제는 담담하게 고개만 살짝 끄덕일 뿐이었다.

"이에 참회하고 속죄할 수밖에 없었사옵니다. 폐하께서 신민을 사랑하시고 제국을 아끼시니, 그 마음에 어찌 감화하지 않을 수 있겠습니까? 그저 온량한 마음으로 신의 죄를 사하시고 부디 폐하께 충성할 수 있는 기회를 주시옵소서!"

사실상 충성의 맹약이었다.

지금까지는 탈선을 하였지만, 제자리로 복귀를 한다는 의미다. 그리고 공작의 충성 맹세는 정계에 막대한 파장을 몰고 올 것이다.

황제는 무심한 얼굴로 말했다.

"그대의 가문은 제자리를 찾을 것이다."

"황은이 망극하옵니다!"

쿵!

공작을 시작으로 공작 가문의 모든 가신들과 시녀들, 시중들까지 모두 무릎을 꿇었다.

분위기가 이러하니 연회를 즐기던 모든 사람들도 무릎을 꿇을 수밖에 없었다.

오직 이 자리에 앉아 있는 사람은 황제 하나뿐이었다.

"길 잃은 양이 집을 찾아 돌아왔으니 이보다 기쁜 날은 없다. 모두에게 어주를 하사하니, 연회를 즐기도록 하라."

연회도 막바지에 이르렀다.

지금까지 간을 보고 있던 랭턴 공작이 드디어 황제파로 돌아섰다.

타로스의 힘을 이렇게까지 목격하고, 대륙을 일통하겠다는 비전까지 제시해 주었는데도 이쪽에 붙지 않겠다는 것도 이상한 일일 터였다.

무엇보다 타로스는 드래곤의 위협에서 비욘 공작령을 구했다.

이만하면 충성을 맹세하는 것도 당연해 보인다.

공작이 충성을 맹세하였으니, 2단계로 돌입한다.

"공작, 드래곤은 처리하였으나 알키서스 산맥의 몬스터를 처리하지 않으면 필경 문제가 발생할 것이다."

"신도 그리 생각하옵니다."

"언제 토벌을 진행할 생각인가?"

"더 추워지기 전에 해야 한다고 생각하옵니다. 이달 안에 완료하지 않으면 굶주린 몬스터들이 행패를 부릴 것이니 말입니다."

"드래곤 레어를 찾아야 하기도 하고 말이다."

"오, 그렇사옵니다. 그 안에 무엇이 있을지 모르니 말입니다."

"금에 환장한 놈이다. 어느 정도 재물은 쌓아 놓고 있겠지."

정확하게는 어느 정도 재정 적자를 채우고, 군자금으로 사용할 수 있을 만큼의 금은 쌓여 있다.

이 세상의 창조주인 타로스가 그런 사실도 모를 리가 없었다.

모두의 기대만큼은 아니겠지만 그래도 전쟁을 준비하고 초반부를 어찌어찌 넘길 수는 있는 자금.

심지어 드래곤 레어의 위치도 알고 있었다.

게이머가 알아차리지 못할 교묘한 위치였으며, 프로텍

선 마법에 일루전 마법까지 걸려 있어 타로스가 직접 나서지 않으면 찾지 못할 것이다.

"군대를 준비하겠사옵니다."

"짐도 함께 간다."

"폐, 폐하께서 말입니까?"

"드래곤 레어를 지키는 가디언이 있을 것이다. 오늘에서야 공작을 얻었는데, 바로 잃을 수는 없는 노릇이 아니겠나?"

§ § §

3일 후, 공작령 각지에서 물자가 수송되고 알키서스 산맥을 치기 위한 병력이 도착하였다.

전쟁이라는 행위는 어떤 개체를 상대하더라도 어마어마한 비용이 소모된다.

공작령이 무역으로 부를 쌓지 않았다면 결코 10만에 이르는 대군을 유지할 수는 없었을 것이다.

총병력 10만 중에서 5만이 동원되었고, 황제가 이끌고 온 병력 1만과 황실 마법사들이 가세하였다.

여기에 용병 5천을 추가로 고용하여 선두에 세우고자 하였다.

이만한 병력이 움직이다 보니 막대한 자금이 소요되었

으며, 공작령 자체가 휘청거렸다.

그렇다고 토벌을 하지 않고 둘 수는 없는 노릇이다.

이제 곧 겨울이다.

시간이 흐르면 몬스터의 숫자야 좀 줄 수 있겠지만, 공작령 전체로 퍼져 나가면서 상당한 피해를 입힐 수 있었다.

그러니 반드시 토벌은 해야 했다.

공작이 알아서 처리하는 것이 원칙이었으나, 황제가 직접 나서기로 했다.

굳이 중앙군까지는 움직일 필요가 없었지만, 공작이 충성을 맹세하였기에 그를 보호하는 차원에서 황제가 나서는 것이다.

출정식을 몇 시간 앞두고 있을 무렵, 마탑의 고위 간부들은 한자리에 모여 어떤 노선을 타야 할지 심각하게 논의 중에 있었다.

"마탑주, 이제 와서 황실로 귀족이 되는 것은 아무래도 무리가 있는 일 아닙니까? 보십시오. 우리 마법사들은 개인적인 성향이 강하고, 연구실에 틀어박혀 연구하기를 좋아하지 전쟁을 좋아하지는 않습니다."

"동원령이 떨어지면 어차피 전장에 나서야 하는 것은 똑같지."

"그야 국가의 위기 상황에서 총동원령이 떨어져야 하는

것이고, 이번 원정에는 200명 정도만 보내도 괜찮을 겁니다."

"예전에는 그랬지."

그랑카인은 갑갑하게 구는 장로들 때문에 인상을 썼다.

제국은 황제의 것이다.

황제가 태업에 들어간 지 40년이나 지나는 바람에 다소 황권이 약화된 것처럼 보일 뿐이지, 타로스가 움직이기 시작하면 패권을 주장하던 귀족들은 죄다 쓸려 나간다.

황권은 강화될 것이고, 황제가 명령하면 마탑도 움직여야 한다. 황명 거부는 있을 수 없는 일이었다.

이런 정세를 알 까닭이 없는 고리타분한 장로들은 답답한 소리만 지껄여 댔다.

"마탑주는 황제의 개가 될 거라는 소리요?"

"황제의 개? 자네는 지금 드래곤이 그 꼴이 된 것을 보고도 그런 말이 나오나!?"

그랑카인이 버럭 소리를 질렀다.

황제의 압도적인 무력.

드래곤은 제국을 파괴시켜 버릴 정도의 괴물이다.

역사서에도 카이너스가 종종 등장하며 그때마다 제국은 멸국의 위기에 처했다.

피해는 이루 말할 수 없을 지경이었으며, 한때에는 인구의 반이 날아가기도 했다. 그런 괴물을 황제가 한 방에 쓸어버린 것이다.

이는 역사에 한 획을 그었다고 보아도 좋을 정도였다.

드래곤보다 더한 괴물과 다른 노선을 탄다?

그건 있을 수가 없는 일이다.

"지금 황제에게 충성하면 우리는 드래곤 블러드와 드래곤 레어를 조사하며 신화를 얻을 수 있을지도 모르지. 그런데 여기서 거부를 한다면? 우리는 아무것도 얻지 못할 것이야. 괘씸죄가 추가되어 어떤 꼴을 당할지 알 수가 없어!"

명백히 지금 황제는 그들에게 기회를 주고 있었다.

권고에 응하지 않은 것은 그냥 넘어간다고 쳐도, 몰래 뒤따라와 전투에도 참여하지 않고 숨어 있다가 나타나 권리만 요구하는 것은 미친 짓이었다.

떼를 쓰는 것은 당연히 씨알도 먹히지 않았다.

쾅!

"마음대로 해라. 뒈지든 말든 나와는 상관없지."

"타, 탑주! 이런 젠장! 같이 갑시다!"

그랑카인이 나서자 장로들도 이것저것 재어 보더니 어쩔 수 없이 자리에서 일어났다.

원정군이 사열하기 시작했다.

출정식을 해야 하기에 군기가 바짝 든 모습을 보여야 한다.

이번 토벌에는 황제가 함께한다.

드래곤을 박살 낸 장본인이 함께하기에 병사들은 잔뜩 흥분한 모양새다.

이제 비욘 공작 가문은 황제에게 충성을 다한다. 무려 500년 만에 중립에서 황제파로 갈아탄 것이며, 이는 몇 대가 변하도록 이어질 것이었다.

황제는 불멸의 존재였으므로 충성의 대상이 바뀔 이유도 없었다.

장교들은 고래고래 소리를 지르며 오와 열을 맞추었다.

"거기, 똑바로 안 서나! 죽고 싶어!? 폐하께서 보고 계신다!"

황제가 오지 않았다면 다 죽은 목숨들이었다.

하찮은 미물들도 은혜를 입으면 고마워한다. 하물며 만물의 영장인 인간이 목숨을 구함 받았다면 그 고마움은 이루 말할 수가 없는 것이다.

병사들이 비지땀을 흘리고 있을 때였다.

뿌우~!

호각 소리가 길게 울려 퍼진다.

사열하던 병사들은 빠르게 자리를 찾아 돌아갔다.

오늘을 위하여 병사들은 며칠 동안 창검에 광을 냈고, 최대한 정예하게 보이기 위하여 모든 무구들을 손질했다.

황실 기사단장이 쩌렁쩌렁하게 소리를 질렀다.

"만국의 지배자이신 황제 폐하께서 나오십니다!"

전 병력의 선두에서 랭턴 공작이 잔뜩 긴장한 표정으로 서 있었다.

황제가 성벽 위로 모습을 드러내자 랭턴 공작은 어마어마한 목소리로 외쳤다.

"전구우운!"

척척!

"추-웅!"

병사들은 왼쪽 가슴을 주먹으로 때리며 군례를 취했다.

황제가 보고 있다는 것 하나만으로도 군기가 바짝 들어갔다.

무심해 보이기까지 하던 황제의 입이 드디어 열렸다.

"출정한다."

묵직하게 한마디가 울렸다.

어쩌면 긴 연설을 할 수도 있을 것이라고 각오한 병사들은 오히려 열렬히 환호하였다.

사열을 한 채로 연설을 듣는 것만큼이나 곤욕스러운 일도 없었기 때문이다.

이미 출정의 이유는 모두 알고 있었다.

레드 드래곤 카이너스가 싸질러 놓은 똥을 치우기 위하여 출정하는 것이다. 이는 거의 재해에 가까운 일이었다.

출정식이 끝나고 병력은 알키서스 산맥으로 진군하기 시작했다.

공작의 군대라고 해도 중앙군에 비한다면 훈련 상태가 떨어질 수밖에 없었다.

황제의 중앙군은 단 15만이었지만, 훈련이나 무장의 상태가 최상이다. 공작의 군대가 간신히 중앙군을 쫓아왔다.

타로스의 곁은 레베카와 세실리아가 호위한다.

공작은 자신의 막내딸을 황실 기사단의 일원으로 받아 달라고 청했다. 그 자리에서 타로스는 검증에 들어갔다.

물론 진실의 눈이 있는 이상, 그녀가 충분한 자격 조건을 갖추었다는 건 알았다.

세실리아 LV. 81
황실 기사단 단원

비록 레베카보다는 레벨이 1 떨어지는 수준이었지만 황실 기사단이 되기에는 충분했다.

타로스는 공작의 속이 뻔히 보였지만, 그녀를 받아들였다.

공작이 충성을 맹세하며 든든한 세력을 얻었는데, 이 정도도 못 해 주면 곤란하다.

가능하면 빨리 드래곤 레어를 정리하고 유물을 얻어야 한다. 그리고 돌아가는 길에도 몇 가지 신화들을 얻을 것이다.

그 중 대표적인 것이 바로 초감각이었다.

초감각은 원작에서의 타로스가 잃어버린 능력 중 하나로, 마치 모든 사물들이 느리게 보이게 만드는 신화를 말하는 것이다.

일종의 패시브 스킬이었으며, 원할 때라면 언제라도 초감각을 발동할 수 있었다.

지금은 그저 파워드 킬이라는 사기적인 스킬과 조금은 불완전한 신화인 앱솔루트 배리어 하나로 버티고 있었다.

전쟁에서 눈먼 화살을 맞지 않으려면 이 초감각 스킬은 반드시 필요하다.

쿵!

마차가 멈추었다.

앞으로의 계획을 점검하던 타로스는 창밖을 바라봤다.

"폐하! 마탑주와 장로들이 알현을 청하옵니다!"

"나가겠다."

끼이익!

마차가 열리자 타로스는 느릿느릿하게 걸어갔다.

여전히 권태로움에 절어 있는 얼굴.

사람들은 도저히 타로스가 왜 각성을 하게 되었는지 알

수가 없었다. 그저 지금의 상황을 긍정적으로 받아들일 뿐이다.

좌르륵!

병사들이 갈라지며 모세의 기적을 만들어 냈고, 마탑의 마법사들이 줄줄이 걸어왔다.

"……."

긴장이 흘렀다.

마탑은 대륙에도 그 위명이 자자하였는데, 제국 황실과 쌍벽을 이루는 것으로 유명했다.

마법사라는 존재도 한 번 보기가 희귀하였는데, 마탑의 수장을 본다는 것은 평생에 한 번 있을까 말까 한 일이다.

쿵!

마탑의 마법사들이 무릎을 꿇자 황제 앞에 바로 의자가 준비되었다.

타로스는 편안하게 앉아 그들을 내려다봤다.

"말해라."

마탑주 그랑카인이 무릎을 꿇고 고개를 조아렸다.

병사들은 다시 한번 놀랐다.

마법사는 악마를 잡아 사육한다느니, 사람을 개구리로 만든다는 말들이 떠돌았다. 그중 그랑카인은 마치 악마의 마왕으로 묘사되기도 했다.

그런 사람들이 단체로 무릎을 꿇으니, 그 나름대로 신

선한 충격이었다.

"폐하! 신 그랑카인, 폐하의 품으로 돌아가고자 합니다! 이 오만함을 내려놓고 황궁의 마법사가 되고자 하니 부디 받아 주십시오!"

"받아 주십시오!"

마탑의 장로들도 동의한 모양이다.

타로스는 내심 다행이라는 생각을 했다.

세계관 설정으로 볼 때, 마법사들은 그리 흔한 존재가 아니었다.

마법이 존재하는 것은 맞았지만, 그야말로 천재들 중에서도 천재들을 추려 피를 깎는 노력을 해야만 탄생할 수 있는 자들이었다.

그런 인간들이 아군이 아닌 적이 된다면 매우 위험하다.

타로스가 하기에 따라서 이들은 적이 될 수도 있었다.

하지만 여러 가지 미끼들을 투척하고 갖은 협박에 권모술수까지 부리니, 넘어가지 않을 재간이 없었다.

차앙!

"……!"

타로스는 그 자리에서 예검을 뽑았다.

무릎을 꿇고 있던 마법사들은 몸을 움찔 떨었지만 움직이지는 않았다.

어차피 여기까지 온 이상, 황제가 죽이고자 한다면 여기서 살아서 나갈 수 있는 사람은 아무도 없었기 때문이다.

타로스가 그랑카인의 왼쪽 어깨에 검을 얹었다.

"마법사 그랑카인은 들어라."

"하명하십시오!"

"마나의 본질을 꿰뚫는 이여, 그대는 현자이며 마나의 등불이다. 속세를 떠나 연구에 매진하였으나 구국의 결단으로 힘을 보태고자 하니, 이를 긍휼히 여겨 짐은 그대를 테이로스 궁정 후작에 봉한다."

툭.

이번에는 오른 어깨를 가볍게 검으로 쳤다.

"그랑카인 테이로스 후작을 황궁 부수석 마법사로 임명한다. 경이 2년의 복무를 무사히 끝낸다면 시험을 통하여 그 위치를 조정할 수 있을 것이다."

"망극하옵니다! 황제 폐하 만세!"

"황제 폐하 만세!"

그들을 바라보는 황궁 수석 마법사 리카드로 후작의 입가에는 미소가 떠나지 않았다.

아카데미 동기이자 40년 동안 라이벌로 지내왔으나, 이제 자신의 휘하로 들어오게 된 것이다.

이는 황궁 마법사들의 위계질서 때문에라도 매우 중요

한 일이었다.

어느 정도 융화가 되고 나면 시험을 통하여 1인자를 다시 선출한다. 그러니 그랑카인도 불만을 가질 수가 없었다.

황제는 무심하게 말하며 돌아섰다.

"따라 나서거라."

§　§　§

알키서스 산맥 초입.

본격적인 토벌이 시작됐다.

피어로 몬스터를 통제하던 드래곤이 갑작스럽게 사라져 버리자 정신 지배를 당하고 있던 몬스터들이 미친 듯이 날뛰기 시작했다.

약육강식의 법이 적용되는 것은 몬스터들의 세계도 마찬가지다.

강자들은 군림하며, 약자들은 강자로부터 도망친다. 그렇게 밀려난 하급 몬스터들이 끊임없이 떠밀려 내려온다는 것이 큰 문제였다.

수천은 되어 보이는 고블린 무리, 오크 무리 등이 뒤섞여 난장판이 따로 없었다.

병사들은 완전히 산맥을 포위하고 철저하게 척살을 해

나갔다.

위협적인 숫자였지만, 마법사단이 동원되니 큰 무리는 아니다.

궁정 후작의 작위를 받은 그랑카인 후작은 능숙하게 마탑의 마법사들을 이끌며 연환 마법을 사용했다.

"뭣들 하나? 폐하께서 보고 계신다! 마력을 흘려 넣어라!"

"탑주! 조금 쉬엄쉬엄하는 것이 어떻습니까?"

"이놈! 저들에 비해 뒤처질 작정이냐!"

쿠구구구!

마법진에서 오색의 원소들이 찬란하게 빛났다.

가두어져 있던 원소들은 변환을 시작하였으며, 거대한 뇌전을 만들어 내고 있었다.

연환 마법이 완성되었으니 좌표를 정하여 발출하는 것은 그랑카인 후작의 역할이다.

이 정도 마법을 사용하기 위해서는 경험이 그 무엇보다 중요하다.

조금이라도 경험이 뒤처지는 마법사라면 그대로 마법진이 폭발할 우려가 있었고, 잘못하면 아군에 피해가 갈 수도 있었다.

복잡한 과정을 거쳐야 하지만 그 위력 하나는 확실했다.

콰과과과광!

빠지지직!

거대한 마력의 회오리가 알키서스 산맥 중턱에 떨어졌고, 무려 수백 미터 단위의 뇌전이 작렬하였다.

몬스터의 무리가 찢어지고 터져 나가며 매캐한 연기가 발생했다.

인간들의 전쟁과 같은 경우에는 마법사들의 공격에 대한 대비가 충분히 되어 있었지만, 몬스터들의 무리는 전혀 그렇지 않았다.

마법사들은 마음껏 위력을 발휘하고 있었다. 더욱이 황제가 친정을 하고 있는 덕분에 마법사들은 미친 듯이 마력을 퍼부었다.

그들은 한계치까지 마력이 쥐어짰고, 병사들은 그 나름대로 기사들의 통제를 받으며 하나라도 몬스터를 더 죽이기 위해 분투했다.

병사들에게 로빈슨 단장의 외침이 작렬한다.

"이놈들아! 폐하께서 지켜보고 계신다! 그분께 실망을 안겨 드릴 참이냐!?"

"아닙니다!"

"죽여라! 기여도에 따라 상급이 있을 것이다!"

"와아아아!"

황제는 분명히 약속했다.

몬스터를 죽이면 심사관이 공적을 기록하며, 그에 따라 상급을 분배하겠다는 것.

몬스터의 뇌에는 마정석이 있었고, 그걸 판매하면 꽤 큰돈이 된다. 이 모든 자금을 참전한 자들에게 나눠 주겠다는 것이다. 용병과 모험가들이 성행하는 이유다.

지금의 상황은 전쟁이다.

몬스터 웨이브급의 전투였기에 중앙군과 황실 기사단, 마법사들까지 동원됐다.

그러니 이건 기회였다.

죽이는 만큼 상급을 받는다.

만약 운이 좋아 황제의 눈에 띄기라도 하면 고속 승진이 가능하다.

랭턴 공작까지 황제에게 충성을 맹세한 이상 황권은 예전과는 비교조차 할 수 없을 만큼 강력해질 것이다.

다들 열심히 하고 있었지만, 토벌 대장으로 임명된 랭턴 공작의 마음에는 차지 않았다.

"우리는 서부의 패자이다! 중앙군에 뒤처지지 않는다는 것을 황제 폐하께 증명하라!"

"죽여! 중앙군보다는 더 죽여야 한다!"

"오오오오!"

광란의 파티가 이어졌다.

황제의 어가.

타로스는 함부로 나서지 않았다.

최하급 몬스터가 아니라 오크 정도로만 넘어가도 레벨이 30대였으며, 트롤 등의 대형 몬스터들의 평균 레벨은 50, 오우거 등 특급 몬스터의 레벨이 60대에 이른다. 보스급은 70대, 특별한 경우에는 80대를 상회하기도 한다.

그런 놈들이 떼로 몰려들 경우에는 타로스가 직접 막을 수 없다.

고귀한 핏줄인 황제가 직접 몬스터들에게 손을 대는 것은 있을 수가 없는 일이니, 명분도 있었다.

전쟁이 한창이지만 타로스는 지난 이틀 동안 스탯을 어떻게 분배해야 할지 심각하게 고민하고 있는 중이다.

이번에 레벨 100에 이르는 드래곤을 죽이면서 15레벨이나 올랐다.

수십 년을 수련하고 전장에서 살아온 기사들조차 레벨이 80대인 것을 보면 '포비아 킹덤'에서의 레벨 업은 매우 더딘 편이었다.

앞으로는 레벨 업이 꽤 어려워질 수 있었기에 한 번 스탯을 분배할 때 고심해야 했다.

이건 게임이 아니었고 스탯을 하나라도 잘못 찍으면 결코 초기화할 수 없었으므로 고민은 더욱 깊었다.

타로스는 무난하게 가는 것이 옳다고 판단했다.

최종 목표는 마검사다.

마법과 검술에 모두 능하게 될 것이며, 온갖 유물들을 사용할 것을 대비한다면 어느 한쪽으로 스탯을 몰아주는 것은 그리 좋은 선택이 아니다.

일단 현재의 스탯을 확인한다.

[체력: 40(+5) 힘: 50(+10) 민첩: 20(+5) 마력 31(+15)]

그럭저럭 좋은 아이템들로 추려 입었기에 이 정도다.

힘을 주력으로 올린 것은 아이템을 착용할 수 있는 제한 때문이다.

유물급의 아이템을 착용할 수 있는 최소한의 힘 제한이 60이었으므로 이 정도로 맞추었고 나머지는 골고루 분배했다.

힘을 제외한 스탯들은 그다지 높지 않았다.

유물 중에서는 체력에 제한을 둔 것도 있었으며, 민첩에 제한을 둔 것도 있었고 마력에 제한을 둔 것도 있다.

비교적 초반부터 습득할 수 있는 아이템의 제한은 힘부터 나오기에 이것부터 올렸었다.

그러나 앞으로는 여러 제한에 걸릴 것이 틀림없었기에 나름대로 이틀이나 고심하여 결정을 내렸다.

[체력: 60(+5) 힘: 60(+10) 민첩: 35(+5) 마력 46(+20)]

우두둑!

"큭!"

짧은 신음이 울려 퍼졌다.

처음 대량의 스탯을 분배하였을 때는 그럭저럭 참을 수 있다고 판단하여 여기서 올린 것이다. 곧 있으면 가디언을 상대해야 했기에 조금 빨리 결정하여 올려야 할 필요도 있었다.

약 1분에 불과하였지만, 꽤 강력한 고통이 전해졌다.

다행히 신음은 크지 않았고, 방음 처리가 되어 있는 마차 밖까지는 소리가 퍼져 나가지 않은 것 같다.

식은땀을 닦아 내고 팔을 한 번 휘둘러 봤다.

놀랍도록 강력해진 힘과 지치지 않은 체력, 그리고 힘과 민첩을 얻었다. 마력도 대량으로 늘어난 것이 느껴졌다.

레벨 42가 되어서야 겨우 일반병 정도의 능력을 갖추게 된 것이다.

기사급의 움직임을 보이려면 최소한 레벨이 80은 되어야 하니 아직은 먼 길이다. 물론 그 전에 신화를 얻어 내면 가능성은 충분히 있다.

똑똑.

"무슨 일이냐."

레베카가 창문을 열었다.

타로스는 인상을 펴고 편안한 자세로 늘어졌다.

"폐하, 리카드로 후작께서 드래곤 레어를 발견하셨습니다."

"리카드로 후작이?"

"예, 산맥을 전체적으로 스캔하여 찾아냈고, 그 소식을 듣자마자 기사단 수뇌부가 출격하였사옵니다."

"기사들이라."

타로스는 밋밋한 턱을 쓰다듬었다.

기사들이 떼로 몰려가도 가디언을 죽이기에는 무리가 있다.

드래곤의 가디언들 역시 타로스가 설계했고, 그들의 레벨은 90대 중반이다. 그 정도면 랭턴 공작과 비슷한 수준이다.

"랭턴 공작께서도 레어로 접근하셨다고 합니다."

"쯧쯧, 아마 상대가 되지 않을 것이다. 바로 레어로 향한다."

"존명! 어가를 호위하라! 레어로 간다!"

"예!"

타로스는 선루프(?)를 열었다. 그러곤 마차 위에서 균형을 잡으며 사방을 둘러본다.

마법사들이 동원되니 알키서스 산맥을 정리하는 것은 불과 반나절도 걸리지 않았다.

용병 따위가 아니라 정규군이 투입되었으며, 전투 기계들인 기사단과 전장의 지배자라 불리는 마법사단까지 동원됐다.

아무리 몬스터가 많이 내려온다고 해도 그들은 한낱 몬스터일 뿐이다.

일국의 수도마저 함락시킬 수 있는 수준의 병력이 겨우 몬스터 따위를 두고 시간을 오래 끈다는 것은 말도 되지 않는 일이었다.

한참을 올라가자 너른 공터에 동굴의 입구가 보였다.

이곳은 각종 마법으로 도배되어 있었고, 제국 최고의 마법사들이 그걸 풀어냈다. 그리고 로빈슨 단장과 몇몇 기사들이 데스 나이트를 향하여 달려들었다.

검은 갑옷을 입은 죽음의 기사는 그들에게 있어 꽤나 버거운 상대다.

데스 나이트 LV. 95
레드 드래곤 카이너스의 가디언.

웬만한 보스 이상의 레벨을 가진 괴물이 수십 명의 기사들과 전투를 벌이고 있었다.

조금이라도 다치거나 무리가 가면 교대를 하면서까지 데스 나이트를 상대하고 있었지만 어떻게 해서도 처리가 되지 않고 있다.

드래곤만큼은 아니었지만, 데스 나이트도 상당한 괴물이다.

타로스는 데스 나이트가 활동 범위에 있어 제약이 있다는 사실을 알고 있었다. 현재 데스 나이트의 활동 범위는 드래곤 레어 앞 공터로 한정할 수 있었다. 그러니 저 안에만 들어가지 않는다면 누구도 다치지 않는다는 소리다.

타로스가 음성 확장을 사용하여 외쳤다.

"다들 물러나라. 너희들의 상대가 아니다."

"존명!"

팟팟!

기사들이 빠르게 움직이며 물러났다.

로빈슨 단장이 무릎을 꿇으며 부복했다.

"황공하옵니다, 폐하! 소신의 실력이 부족하여 가디언을 처리하지 못하였사옵니다!"

"됐다. 경의 상대가 아닐 뿐이다."

로빈슨 단장은 더욱 깊게 고개를 조아렸다.

이제 사람들의 시선은 타로스에게 모여졌다.

드래곤까지 처리한 마당이라면, 그 가디언을 죽이지 못할 이유가 없었기 때문이다.

현재 마력은 660에 달한다.

앱솔루트 배리어를 두 번이나 연달아 사용하고도 충분히 파워드 킬을 사용할 수 있는 양이었다.

타로스는 가만히 서서 움직이지 않는 데스 나이트에게 마력을 실어 날렸다.

가디언의 능력을 과신한 나머지 드래곤이 실드를 장착해 주지 않았기에 가능한 일이다.

느릿느릿하게 마력이 이동하였지만, 마치 놈은 석상처럼 움직이지 않았다.

만약 데스 나이트가 가디언이 아니었다면 타로스도 직접 처리할 생각까지는 못했을 것이다. 그러기에는 아직 실력이 되지 않았으니까.

툭.

무사히 마력이 데스 나이트의 몸에 닿았다.

타로스의 입꼬리가 슬쩍 올라갔다.

이 정도면 모든 작업은 끝났다고 봐야 한다.

여기서 바로 끝장을 낼 수도 있었다. 하지만 기왕 마력을 660까지 올렸으니 어느 정도는 퍼포먼스를 보여 줄 필요가 있다.

저벅저벅.

타로스는 천천히 공터로 진입하였고 어느 순간에 이르자 데스 나이트가 괴성을 지르며 달려왔다.

−그 누구도 주인님의 처소에 침입할 수 없다!

콰과과과광!

타로스는 앱솔루트 배리어를 쳤다.

단 10초에 불과하였지만, 그 안에 어마어마한 공격들이 쏟아졌다.

지축이 울리고 수백 번이나 검강의 다발들이 실드를 때렸다.

단지 타로스는 퍼포먼스를 위하여 한 손을 들고 있을 뿐이다.

그 광경을 사람들은 멍하게 바라봤다.

§ § §

경악의 현장.

드래곤 브레스를 막았다는 것부터가 인간의 상식을 벗어난 일이기는 했다.

황제의 눈앞에는 투명한 막이 형성되었으며, 데스 나이트는 열심히 칼질을 해 대고 있었다.

로빈슨 단장을 비롯하여 여러 기사들이 한꺼번에 달려들었으며, 황실 마법사들이 지원을 해 주었으나 이길 수 없는 괴물이 바로 데스 나이트였다.

놈의 실력이 원래 이 정도는 아니었다. 드래곤의 마력

으로 강화된 것이 틀림없었다.

눈앞에서 벌어지고 있는 광경에 데스 나이트가 불쌍해 보일 지경이었다.

콰과과과광!

화려한 검강의 폭발이 이어졌으며, 지진이 일어나고 용암이 그 위를 뒤덮었다. 1초가 마치 한 시간 같았다.

한차례의 폭풍처럼 모든 것을 쏟아 넣은 데스 나이트는 잠시 뒤로 물러났다.

얼마나 마력을 쏟아부었는지 공터는 이미 초토화되었다.

그 안에 인간이 발을 들였다면 어스퀘이크의 사정권으로 들어가 온몸이 분해되었을 것이다.

이번에도 역시 황제가 서 있던 부분만 멀쩡했다. 마법사들마저 지금의 상황을 이해하지 못했다.

"실드 중에서 저런 종류가 있었나?"

"없지."

"그럼 대체 저건 뭐지?"

"무형의 방어막 같군. 자연의 이치를 극의까지 깨닫게 되면 어떤 공격도 무효로 돌릴 수 있다는 말을 듣기는 했다."

황궁 수석 마법사와 부수석 마법사가 동시에 그리 인정하였다.

자연의 극의.

한마디로 우주 만물의 원리를 깨달아야만 저런 방어막을 펼칠 수 있다는 것이다.

마력이 느껴지지 않는 마법.

이걸 마법이라고 부를 수 있을까?

마법사들은 이걸 마법이 아니라고 확신했다. 그것도 대륙 최고 수준의 대마도사들이 말이다.

데스 나이트가 마력을 충전하고 다시 달려들려 할 때였다.

"이만 죽어라."

쿠아아앙!

"……!"

"허어!"

"도대체가 몇 번을 보아도……."

최근 황제가 실력을 보인 것은 세 번이다.

제국의 2인자였던 라이톤 공작을 죽일 때와 드래곤을 상대할 때, 그리고 지금이다.

벌써 세 번째 보는 광경이었으나, 랭턴 공작은 도저히 적응이 되지 않는다는 표정을 지었다.

자연의 이치를 깨달아 단숨에 상대를 죽여 버리는 광경.

오색의 찬란한 원소들이 사방으로 터져 비산하였으며

대폭발을 일으켰다. 그와 동시에 상대방은 사체조차 찾을 수 없을 만큼 산산이 비산하는 것이다.

지금도 마찬가지다.

데스 나이트의 사체는 형체도 찾아볼 수 없었다.

황제는 그 광경을 무심하게 바라봤다.

"들어가지."

"조, 존명!"

바닥이 식기 시작하자 기사들이 황제를 호위하였다.

가마까지 가지고 오지 않을 상황이었기에 황제도 레어를 향하여 걸었다. 선두에는 랭턴 공작이 서서 직접 황제를 호종하였다.

거대한 공동이 시야에 들어왔다.

천장에는 빛을 내고 있는 크리스털들이 박혀 있었는데, 이는 금의 열 배 이상의 가치를 가지고 있다는 발광석이다.

희귀해서 잘 찾아볼 수도 없는 발광석이 천장에 빼곡하게 박혀 있었으니, 이것만으로도 성을 한 채 살 수 있을 지경이었다.

"리카드로 후작."

"하명하십시오!"

리카드로 후작의 목소리에 기합이 들어간다.

노인이라고는 볼 수 없을 정도로 빠릿빠릿한 움직임이

다. 황제가 명하는 즉시 다가와 부복하였으니까.

상당히 충성스러운 모습에 타로스는 만족스런 미소를 지었다.

"발광석은 모조리 빼서 재상부로 보내라."

"존명!"

저벅저벅.

타로스는 동굴 형태의 레어를 둘러보았다.

에인션트 드래곤 한 마리가 들어가기에는 충분할 만큼이나 넓은 곳이다.

레어에서 이어지는 방은 총 세 개다.

그중 하나의 문을 랭턴 공작이 박살 냈다.

콰앙!

무지막지한 검강의 덩어리가 작열했다.

사방으로 먼지가 피어오르자 마법사들이 정신없이 정화를 한다.

그랑카인이 혀를 찼다.

"쯧쯧, 이렇게 무식할 데가 다 있나. 폐하께서 계신데 힘을 적당히 써야지."

"허험, 황공하옵니다. 폐하."

"괜찮다."

어차피 먼지는 순간적일 뿐이었고, 마법사가 정화를 시작하자 순식간에 빨려 나갔다. 역시 마법사들이란 매우 유용한 존재다.

동굴에는 무구들이 잔뜩 쌓여 있었다.

"오오!"

기사들은 그 광경을 보며 눈을 빛냈다.

드래곤 레어에 있는 것이니 오죽 질이 좋을까 싶었던 거다. 물론 자세한 것은 감정을 받아 봐야 알 수 있었다.

'그다지 쓸 만한 것은 없지.'

가끔 레어 아이템도 있었지만, 극히 드물었고 스탯 제한이 지나치게 높아 어차피 타로스가 착용할 수 없는 것들이었다.

타로스는 진실의 눈을 켜고 유물을 찾기 시작했다.

이럴 줄 알았으면 기획 단계부터 드래곤 레어를 온갖 유물로 도배해 놓는 것인데, 조금 안타깝다는 생각은 드는 타로스였다.

진실의 눈에 단번에 들어오는 반지 하나.

타로스가 토벌에 관여한 것은 이 때문이었다.

백성들을 안타깝게 여긴다거나 새롭게 충성을 맹세한 대 가문을 위하여 이런 일을 벌였다는 것은 그저 명분일 뿐이다.

만약 유물의 존재가 아니었다면 과연 중앙군과 마법사 단까지 동원하였을까.

타로스는 투박해 보이기까지 하는 반지를 집어 들었다.

드래곤 로드의 인장

등급: 유물
착용 조건: 힘 60/레벨 제한 40
내구도: 무제한

모든 스탯 30% 증가

드래곤 로드의 절대적인 상징.
여신 가이아의 눈물로 제작하였다는 전설이 있다.

초반에 쓰기에는 과분할 정도의 유물이다.

모든 스탯이 30%나 증가하는 아이템 중에서 초반에 사용할 수 있는 것이 있기는 할까?

무엇보다 내구도가 무제한이었으며, 수리가 불필요하다. 초반부터 극후반을 통틀어 사용할 수 있으며, 그 가치는 도저히 따질 수가 없을 정도다.

타로스는 바로 반지를 꼈다.

스스슷.

알 수 없는 힘이 스며들며 한차례의 쾌감이 일었다.

몸에서 알 수 없는 힘이 용솟음친다.

혹시 드래곤 로드의 인장에 숨겨진 기능 같은 것이 있

는 걸까?

원래 유물급의 아이템 경우에는 진실의 눈으로도 파악할 수 없는 기능들이 하나씩 있기는 했다.

'거기까지는 생각이 나지 않는데.'

그 기능들을 파악해 나가는 것도 게임의 중요한 재미였으나, 기획을 총괄하는 입장에서는 그런 세세한 부분까지 모두 알고 있을 수가 없었다. 부하 직원이 관리를 했으니까. 이건 조금 안타깝게 생각하는 점이다.

타로스는 바로 스탯을 확인한다.

[체력: (+33) 힘: 60(+28) 민첩: 35(+16) 마력 46(+34)]

어마어마한 증가폭이다.

소수점의 경우에는 올림 처리되었기에 좀 더 스탯에는 유리한 경향이 있었다.

타로스가 잠시 생각에 잠겨 있자 사람들은 황제의 얼굴만 쳐다보고 있다.

드래곤 레어의 무구들은 꽤 쓸 만하지만 그렇다고 썩 좋은 건 아니다. 타로스가 쓰기에는 애매하다는 뜻.

어차피 스탯의 제한 때문에 제대로 효과도 발휘하지 못하는 것이기에 그냥 생색을 내는 편이 좋았다.

"공작."

"하명하소서!"

랭턴이 빠릿빠릿하게 움직이며 부복했다.

"황실 기사단과 상의하여 무구들을 나누도록 하라."

"조, 존명!"

항명은 용납되지 않는다.

기사들의 눈은 감격에 젖었다.

전부 회수하여 황궁으로 가져가도 되었지만, 황제가 배려를 하여 자신들도 드래곤의 유산을 차지할 수 있었기 때문이다.

병사들은 이미 충분한 보상을 받게 된다. 무구들의 양은 한계가 있었기에 병사들에게 돌아가지 않기도 한다.

그렇다면 기사들에게 주는 것이 타당했다. 이번 원정에서 고생한 그들에게 말이다.

마법사들은 아직 배려하지 않았지만, 아직 레어의 방은 세 개나 남아 있었다. 그중 하나는 마법 물품으로 가득 차 있을 것이라 확신했다.

쾅!

이번에는 랭턴이 조심스럽게 문을 박살 냈고, 아티팩트들과 드래곤의 실험들이 나타났다. 그러자 마법사들의 눈동자가 반쯤 뒤집혔다. 황제가 이 자리에 있는 것만 아니라면 득달같이 달려들었을 것이다.

무려 드래곤의 실험실이다.

이곳에 존재하는 실험 도구들은 상상 이상으로 값어치가 나갈 것이 분명했다.

그 밖에도 마법서들이 있었는데, 타로스는 배우지 못하는 것들이었다. 배운다고 해도 어마어마한 마력이 들어 아직은 무리다.

물론 언젠가는 사용할 날이 올 것이다. 마력은 늘어날 테니까.

"리카드로 후작."

"예, 폐하!"

노인의 목소리라고는 볼 수 없을 정도로 쩌렁쩌렁한 음성이 동굴 전체로 메아리쳐 울렸다.

한눈에 봐도 기대감이 가득한 얼굴이다.

드래곤의 유산을 얻게 된다면 마법에 있어서도 비약적인 발전이 가능할 것이다. 과연 어디까지 발전할 수 있을지는 전적으로 마법사들에게 달려 있다.

"이곳의 자료들과 실험실은 황실 마법사들의 자산이다. 요긴하게 사용하도록 하라. 또한 마법 서적들은 필사를 마치고 짐에게 가져와라."

"존명!"

마법사들의 눈이 이글이글 타올랐다. 하나같이 탐욕스러운 눈동자였다.

타로스는 이를 나쁘게 생각하지는 않았다. 이런 복잡한

연구야 관심 분야도 아니었고, 원래 마법사들이라는 족속 자체가 연구에 미쳐 있는 자들이었으니까.

연구를 하여 마법이 발전한다면 제국에 해가 될 것은 없다.

마탑 출신의 마법사들은 이 시점에서 타로스에게 충성을 맹세하길 잘했다는 생각을 하고 있었다.

마법서에는 분명히 마탑의 장로들도 모르는 마법들이 즐비할 것이고, 실험에 필요한 장비들은 말할 것도 없이 고가다. 게다가 이곳에 쌓여 있는 재료들은 자신들의 힘으로는 절대 구할 수 없는 것들이 상당했다.

탐이 나지 않는다면 마법사라는 이름은 버려야 한다.

"쯧, 실험이나 마법 서적 연구는 다 함께해라. 누군가를 배제한다면 처벌할 것이다."

"물론이옵니다."

"다음 방으로 간다."

서걱!

이번에는 랭턴이 깔끔하게 입구를 잘라 버렸다.

처음에는 너무 흥분해서 힘 조절에 실패한 것이 틀림없다.

랭턴 공작은 머쓱한 표정을 지어 보였다.

"황공하옵니다."

"됐다."

저벅저벅.

랭턴이 앞장서고 그 뒤를 타로스가 쫓아 들어간다. 혹시나 무슨 기관 장치가 있을까 싶어서다.

물론 그런 장치들은 없었다. 이곳은 드래곤 레어 안쪽이었으니까.

이곳에는 황금들이 쌓여 있었다.

연대를 알 수 없는 금화들부터 금괴까지.

어마어마한 양이었지만, 황제의 입장에서 본다면 그다지 많은 양도 아니다. 제국 전체로 보자면 어느 정도 채무를 줄이고 전쟁 비용을 충당하면 모자란 수준이었다.

그렇다고 금 본위제인 제국에서 모두 처리할 수도 없었다. 금을 이만큼이나 갑자기 풀어 버리면 화폐 가치가 폭락할 테니까.

그렇다고는 해도.

해외 교역이라는 것도 있었고, 제국의 거상들을 이용한다면 경제에 충격을 최소한으로 유지하면서 금을 처리할 수 있을 것이다.

"랭턴 공작."

"하명하십시오!"

"금의 10%는 경이 갖고, 나머지는 황궁으로 보내라."

"구, 굳이 그리하지 않으셔도…….."

"황명이다."

"존명!"

랭턴 공작의 얼굴이 활짝 폈다.

제국 전체를 다스리는 황제의 입장과 아무리 항구 도시를 끼고 있다고 해도 일개 영지를 다스리는 공작의 입장이 같을 수는 없었다.

보이는 황금의 10%만 해도 상당한 양이었다.

그렇지 않아도 자금이 부족하여 허덕이는 랭턴 공작에게 있어서는 가뭄의 단비나 다름없었다.

하지만 타로스는 그저 사람들에게 보여 준 것뿐이다.

충성을 다하면 대가를 받는다는 것을.

제13장
초감각

타로스는 며칠 동안 랭턴 공작의 영지에 머물면서 앞으로 벌어질 상황에 대해 허심탄회하게 이야기했다.

그중 가장 심도 있게 다룬 부분이 바로 전쟁과 그 이후에 벌어질 일들이었다.

우선 전쟁은 승리를 가정하고 이야기했다.

랭턴 공작을 비롯한 그의 가신들이나 기사단의 수뇌부들은 결코 율리우스 왕국과의 전쟁에서 패하지 않을 것이라고 자신했다.

이는 오만이 아닌 통계로 본 확신에 가까운 사실이었다.

율리우스 왕국이 이렇게 성장한 것은 그들이 잘해서가 아니라 오직 황제의 태업 때문이었다.

황제가 태업을 끝냈으니 율리우스 왕국이 계속 성장하는 꼴을 볼 수 없는 것은 당연한 일이었다.

다만, 전쟁 이후가 문제다.

전쟁이 끝나고 제국 영토의 50%에 이르는 광대한 영역을 얻게 된다면 어떻게 될까.

그때부터는 피 튀기는 정치적 수가 오갈 것이며, 영지전이 벌어지고 나라가 개판이 될 상황이 올 수도 있다는 결론을 내렸다.

그 시점이 오면 필요한 것이 바로 친위 쿠데타다.

황권을 하나로 모으기 위한 한 수.

랭턴 공작은 적극적인 지지를 표명하였고, 이를 위한 문서까지 황제에게 전해 주었다. 이른바 완전한 충성이다.

돌아가는 순간까지도 랭턴 공작은 황제에 대한 충심을 표했다.

"폐하! 부디 강녕하시기 바라옵니다!"

"내년에 보지."

"예! 그때까지 강군 육성에 힘쓰고 있겠사옵니다!"

랭턴은 영지군과 중앙군의 차이가 크다는 사실을 이번 알키서스 산맥 토벌로 깨달았다.

여기에 더하여 마탑까지 얻은 황제이기에 결코 자신이 뛰어넘을 수가 없다는 사실을 인정한 것 같았다.

황제의 모습이 사라지는 그 순간까지 그는 무릎을 꿇은 채로 머리를 조아렸다.

타로스는 흡족하게 웃었다.

드래곤의 사체는 분해되어 무구로 탈바꿈하고 있었고, 드래곤 레어에서 발견된 여러 가지 산물로 국고가 채워졌으며, 마법사들의 충성까지 더욱 이끌어 낼 수 있었으니까.

황제의 어가는 곧 란투스 자작령으로 이동하였다.

하지만 그렇다고 해서 병력 전체가 란투스 자작령에 들어간다는 의미는 아니다.

란투스 자작의 족속들은 황가에 충성하지 않았으니 병력은 스쳐 갈 뿐이다. 그리고 타로스는 따로 움직일 계획이었다.

타로스가 란투스 자작령에 공식적인 방문을 하지 않으려는 데에는 그만한 이유가 있었다.

'초감각.'

어가 안에서 타로스는 시종일관 그 생각에 매몰되어 있었다.

황권의 강화도 중요하였지만, 제국의 가치관을 생각하면 육체적인 강함 역시 배제할 수 없었다.

원칙상 황위는 제국에서 가장 강한 자에게 돌아가기 마련이었으니까.

결국 개인의 힘이 강해지는 것도 황권 강화를 위한 길이라 말할 수 있었다.

온갖 괴물 같은 실력자들이 득실거리는 제국에서 약한 모습을 보인다면 바로 뜯어 먹히고 만다. 황가는 바로 무너지는 것이다.

그러니 반드시 초감각이 필요했다.

공식적으로 란투스 자작령에 들어가 신화를 얻기 위하여 움직이면 이를 수상하게 여긴 란투스 자작이 따로 움직일 가능성이 있었다.

물론 란투스 자작이 의심을 품고 미행하여 신화를 차지할 가능성은 지극히 낮다. 그저 만전을 기할 뿐이다.

똑똑.

"들라."

"폐하, 신 레인 자작이옵니다."

"무슨 일인가?"

타로스는 무심한 눈으로 정보부 수장을 바라봤다.

아무리 정보부가 다운그레이드되었다고 해도 여전히 제국 최고의 정보 단체다. 다만, 그 눈이 제국 전체에 미치지 못할 뿐이다.

제도 브론티아와 그 주변 영지들, 그리고 황제의 어가를 호종하고 수상한 점을 찾아내는 것은 레인 자작보다 뛰어난 자가 없었다.

"모험가 무리와 용병 무리가 어가를 뒤따르고 있사옵니다. 이를 어찌 처리해야 할지 명령을 받고자 합니다."

"모험가와 용병의 무리라. 그들이 왜 쫓아오고 있다고 보나?"

"폐하께서는 이번 알키서스 산맥 전투로 많은 용병단을 고용했었사옵니다. 보수도 넉넉하고 공을 세운 자들을 후대하였으니, 이를 바라고 쫓아오는 것 같습니다."

"그런가."

좋지 않다.

용병단이나 모험가들이나 눈치 하나는 귀신같은 작자들이었다.

보통 그들은 덜떨어진 집단으로 표현되는 경우가 많았는데, 타로스가 이곳에서 직접 보니 상당한 능력을 갖춘 전문가들이었다.

수색과 전투, 추격 등에 능하였으며 위험한 일에도 거리낌 없이 뛰어들었다.

용병단은 그나마 전투에 특화되어 있었지만, 모험가들은 트레저 헌터나 현상금 사냥 등을 겸하여 오히려 뒤따르면 더 위험하다. 타로스의 뒤를 쫓다가 신화를 얻게 되면 상당히 난감해진다.

"그렇다고 그들을 쫓아내는 것은 무리지. 그냥 두어라."

"황명을 받드옵니다."

타로스는 그들을 그냥 내버려 두기로 했다. 어차피 따로 움직이기로 결정했으니까.

지금은 혹시나 하는 기대로 타로스를 따르는 것이었지만, 강제로 떨어뜨려 놓는다면 더 큰 기대를 품을 수 있었다.

제국 곳곳의 귀족들이 정보부를 가동하여 황제에게 시선을 집중하고 있었고, 용병단이나 모험가들까지 황제의 행차에 관심을 기울인다.

초감각을 얻어야 하는 타로스의 입장에서 보면 썩 좋은 상황은 아니다.

애초에 유물과 신화는 타로스가 독점해야 한다. 그 누구도 도전할 수 없는 위엄을 보여야 하는 것이다.

내년 봄이면 전쟁이 시작되기에 자유롭게 움직일 수 있는 시간도 많지 않았다.

생각을 마친 타로스는 기사단장을 호출했다.

믿음직한 중년 기사가 들어와 부복했다.

"충! 신 로빈슨, 폐하의 부르심에 대령하였사옵니다."

"로빈슨 경, 오늘 밤에 따로 소수의 인원만 추려 란투스 영지로 향할 것이다."

"순방을 준비할까요?"

"아니. 비밀이 엄수되어야 하는 사안이다. 최정예 기사서른 정도만 추려라."

"존명!"

황제가 잠행을 하겠다고 말한 것이었지만, 로빈슨 단장은 어떠한 사견도 달지 않았다.

이것이 가능한 이유는 황제가 대륙 최강자라는 인식이 깔려 있기 때문이다. 드래곤조차 한 방에 보내 버리는 인물이 위험에 빠질 이유가 없었기 때문이다.

로빈슨은 그저 황제를 수행할 기사들을 추리라는 명령으로 알아들었다. 잠행을 할 것이니 용병단이나 상단으로 위장하는 것이 가장 좋았다.

다만, 한 가지 걸리는 점이 있었다.

기사들은 황제에게 절대적으로 충성하는 존재들이었고, 이건 타로스가 그리 설정하였기에 변함없이 유지될 것이다.

귀족들이 충성을 하지 않는다고 해도 기사들의 충심은 변하지 않는다.

하지만 새롭게 들어온 기사들은 그렇지 않았다.

이에 타로스는 해가 떨어지고 숙영지가 꾸려지자 세실리아를 은밀하게 불렀다.

이미 타로스는 잠행을 나갈 준비를 마친 상태였다.

세실리아가 눈에 이채를 띠며 마차로 들어왔다.

"야밤에 경을 부른 이유를 짐작하겠나?"

"잠행 때문이라 사료되옵니다."

"짐이 경을 믿어도 되겠나?"

"예?"

"분명히 랭턴 공작은 짐에게 충성을 바치기로 맹세하였지. 그러나 군주가 신하에게 모든 면을 보일 수는 없는 법이다. 짐을 위하여 가문에까지 비밀을 지킬 수 있는지 묻고 있는 것이다. 꼭 이번 일이 아니더라도 앞으로 짐과 경만 알아야 할 일들이 많아지겠지."

"……."

세실리아는 잠시 머뭇거렸다.

분명히 그녀는 정치적인 목적으로 황제를 호위하는 기사가 되었다. 모든 것은 오직 가문을 위한 일이었다.

그러나 황제가 바라는 것은 절대적인 충성이었다. 필요에 따라서는 가문조차 등질 수 있는지에 대한.

"마음의 준비가 되었다면 한 시간 후, 군영 밖으로 잠행을 나갈 채비를 하여 나오라. 하나 경이 가문을 생각하는 마음도 이해하기에 오지 않는다고 해도 질책하지 않을 것이다."

세실리아는 무겁게 고개를 숙였다.

어둠이 깊게 내린 밤.

오늘 밤은 중앙군과 떨어지기에 최적의 날이다.

우선 타로스는 떠나기 전에 군대의 지휘권을 궁정 후작이자 수석 마법사인 리카드로에게 맡겼다.

전쟁 중이라면 문제가 있는 인선이지만, 목표는 그저 제도를 향하여 진군하는 것뿐이었기에 가장 직위가 높은 리카드로에게 맡겼다.

진군 중에는 황제의 어가도 함께 움직인다.

그들을 보내 놓고 타로스는 소수의 인원으로 잠행을 나가고자 하였다.

군영 밖으로 나오자 정확하게 명령을 받은 대로 로빈슨 단장이 30명의 최정예 기사들을 이끌고 있었다.

그들은 기사단 정복을 벗고 용병들이 걸치는 무구들을 대충 입은 채 대기하고 있었다.

복장에는 전혀 문제가 없었지만, 그 질서 정연함이 조금 문제가 될 수도 있을 것 같았다.

"용병답게 행동해야 한다."

"존명!"

각 잡힌 모습에 혀를 한 번 찬 타로스는 한 마법사와 마주했다.

허름한 로브를 입은 그랑카인 후작이 나타났다.

"결국 쫓아오기로 했나."

"클클, 이러한 모험에 참여하지 않는 것은 마법사로서 실격이 아니겠습니까?"

그랑카인이 씩 웃었다.

마탑을 믿어도 될까?

상관을 없을 것 같다는 판단이 들었다.

이미 충성을 맹세한 그랑카인은 충실하게 황제를 따를 것이 분명하다. 비록 성질이 조금 괴팍한 것이 흠이었지만, 끝까지 황제를 위하여 항쟁하였던 노마법사였으니까.

타로스가 설정했기에 잘 알고 있었다.

리카드로 후작과 쌍벽을 이루는 대마도사가 함께한다면 호위는 튼튼해지고, 여러 가지 편의까지 함께 챙길 수 있었다.

이제 남은 사람은 세실리아 한 명이다.

레베카가 조금 걱정스럽게 말했다.

"폐하, 아무래도 세실리아 경은 가문과 완전히 연을 끊을 인물은 아닌 것 같습니다. 또한 이번 잠행이 비밀리에 진행되어야 한다면 더욱 무리가 아닐지요?"

"이건 시험이지."

"예?"

"앞으로도 짐의 칼로 사용해도 되는지 말이다. 이번 잠행만 아니라면 딱히 랭턴 공작에게 숨길 일은 없기도 하고."

타로스는 알고 싶은 것이다.

세실리아는 항상 타로스의 곁에서 호위를 할 것이기에

필요하다면 가문을 버릴 정도로 충성심이 강한 것인지를 말이다.

저벅저벅.

어둠을 뚫고 한 여검객이 변장을 마치고 합류했다.

금발벽안의 미인 검객.

꽤나 시선이 모이겠지만 상관없었다. 외모가 뛰어난 여자들이 험한 일을 하는 것도 이곳 세계관에서는 그다지 희귀한 일도 아니었으니까.

그녀는 타로스의 발치에 한쪽 무릎을 꿇었다.

쿵!

"제게 있어 폐하는 등불이십니다. 부디 제 앞길을 인도해 주시기를 청하나이다."

긴장되는 순간.

황제의 입이 열렸다.

"허한다."

여전히 무심한 타로스의 말이었으나 이것이 세실리아를 인정하는 울림이라는 것은 누구나 알 수 있었다.

§ § §

새벽에 출발한 일행은 이른 아침이 되어 란투스 자작령의 광산 도시 자벤에 입성했다.

신분증을 위조하는 일은 굳이 황제인 타로스가 나서지 않더라도 기사단장의 선에서도 충분히 가능했다.

약간은 촌스럽지만 블랙 용병단이라는 이름으로 위장한 일행들은 도시 경비대와 마주하였다.

이런 산골 벽지까지 황제의 얼굴이 알려지기란 어려운 일이었지만, 그래도 혹시 모르는 일이었기에 타로스는 검은 로브를 뒤집어쓰고 있었고, 용병단으로 위장한 기사들도 죄다 검은 색 무구들을 입고 있었기에 블랙 용병단이라는 아명은 퍽 어울려 보였다.

다만, 아무리 용병단으로 위장하여도 기사들의 존경을 한 몸에 받고 있는 로빈슨 단장의 위엄까지 사라지지는 않았다.

"길을 터라. 우리는 알키서스 산맥에서 곧장 오는 길이니라."

"하! 이거 웃기는 놈들이네? 우리가 여기서 경비나 서고 있다고 해서 만만해 보이더냐? 예의를 갖춰 똑바로 말해 봐라."

험악한 인상의 병사가 인상을 썼다.

당연히 이런 대우를 받아 본 적이 없던 로빈슨 단장이 역정을 냈다.

"뭣이! 지금 제국의 백성을 핍박하는 것이냐!"

"뭐야, 이 새끼들은? 용병 나부랭이들이 감히 제국의

군인을 협박해!?"

"허허허! 이거 죄송하게 됐습니다."

그때, 슥 그랑카인이 끼어들었다.

그는 권위적인 마탑의 마법사라고는 볼 수 없을 정도로 인자한 미소를 지으며 은화 몇 닢을 경비병에게 쥐여 주었다.

"크, 크흠."

"이해를 해 주시구려. 우리 단장이 정신에 병마가 깊어 자꾸 헛소리를 지껄여 대지 뭔가."

"흥, 정신병에 걸렸다는 거요?"

약간의 뇌물을 받아먹은 병사의 얼굴이 다소 풀렸다.

로빈슨 단장은 역정을 내려 하였으나 바로 타로스가 나서서 제지했다. 당연히 로빈슨은 깨갱하며 물러났다.

"이번에 알키서스 산맥에서 있던 일은 들으셨나?"

"황제 폐하께서 드래곤을 토벌해 버렸다는 이야기?"

"드래곤 피어에 맞았더니 머리가 이상해졌지. 한마디로 맛이 갔네. 그러니 배려 깊은 병사께서 이해해 주시게."

"쳇, 그렇다면 할 수 없는 일이지."

로빈슨의 얼굴이 붉으락푸르락 물들었지만, 감히 황제가 제지를 하고 있는 마당에 더는 나설 수가 없었다.

하지만 도시 안으로 들어서자 그랑카인과 로빈슨 단장 사이에 시비가 생겼다.

"그랑카인 님! 어찌하여 저를 정신병자 취급하신 겁니까?"

"자네는 지금까지 쭉 엘리트로 살아왔기에 사회생활 경험이 부족하네. 아예 대놓고 기사라고 광고를 하지 그러나? 우리는 지금 무지렁이 용병으로 위장한 거라네. 감히 용병과 병사가 같은 위치라 생각하는 건 아니겠지?"

"그게 이것과 같소? 용병도 백성이오. 영지를 지키는 병사라면 백성을 사려하는 존재이거늘."

"이런 샌님이 다 있나."

"둘 다 그만해라."

그랑카인과 로빈슨 단장이 머리를 조아렸다.

타로스는 작게 한숨을 내쉬었다.

애초에 엘리트 집단인 기사들에게 용병 흉내가 쉬울 리가 없었다. 뼛속까지 기사도가 머리에 박혀 있었기 때문이다.

"내, 누누이 말하지만 이번 잠행은 비밀로 행해져야 한다. 그랑카인 후작의 말대로 우리는 그저 백성일 뿐이니라. 영지의 녹을 먹는 병사와 같을 리가."

"황공하옵니다."

"말투도 고쳐라."

"예, 공자님."

타로스는 돈 많은 상인의 철부지 도련님으로 위장했고,

나머지는 호위를 위한 용병들이다. 그러한 컨셉이었으니 차라리 걸걸한 용병을 흉내 내는 것이 나았다. 그렇게 절도 있는 것이 아니라.

또한 용병들은 병사와 마주하면 웬만하면 돈을 주고 해결하는 편이었다. 권위적으로 군다는 것 자체가 감옥으로 끌려가고 싶어 환장했다는 뜻이다.

작은 소란이 있었지만, 돈의 힘으로 그럭저럭 무마됐고 타로스는 여관을 찾기 위해 움직였다.

새벽 내내 달려왔더니 다들 배에서 꼬르륵 소리가 나고 있는 지경이다.

"저기 여관에서 식사 후에 모험가 길드로 가도록 하지."

"존……명……. 허험, 알겠습니다, 도련님."

기사들은 도저히 적응을 못 하고 있었다.

그들에게 있어 황제는 신과 같은 존재였다. 도련님이라고 말하니 당최 입이 떨어지지 않았던 것이다.

그렇기에 타로스는 차라리 입이라도 닫고 있으라고 주문했다.

[정령이 머무는 정원]

광산 도시와 제법 어울리는 여관이다.

대부분의 식당들은 여관과 겸업하는 경우가 많았으므

로 타로스는 도시를 돌아다니다가 가장 깔끔하고 고급스러워 보이는 여관을 찾았다.

새롭게 개장한 곳인지 낡은 목조 주택 특유의 냄새는 나지 않았고, 산뜻한 목재 향이 은은하게 감돌았다.

그 안에는 주향도 함께 섞여 있었다.

어젯밤에 술판이 벌어졌다는 것을 쉽게 예상할 수 있었다.

딸랑딸랑.

30여 명의 사람들이 밀고 들어오자 사람들의 시선이 모였지만, 나름대로 타로스에게 신신당부를 받은 기사들은 조금 어설프지만 껄렁껄렁하게 자리를 잡고 앉았다.

다시 고개를 돌리려던 용병들은 여기사들에게 시선을 꽂았다.

"이햐, 이런 산골에 웬 쭉빵이래?"

"가만히 쳐다보지만 말고 가서 말이라도 걸어 보든가."

"휘익! 아가씨, 여기 와서 한잔합시다!"

"푸하하! 그런 빈약한 사내들 말고 진짜 남자와 어울려야지, 그냥 우리 용병단으로 오지 그래?!"

"……."

사람들의 시선이 모일 거라고는 생각했다.

당장 세실리아와 레베카만 해도 상상 이상의 외모를 지니고 있었다.

여기에 더하여 황실 기사단 대부분은 엘리트 집단이었고, 귀족가 혈통인 경우가 많았다.

요즘 세상에 실력만 있다면 남녀를 가리지 않았기에 유독 외모적으로는 황실 기사단이 튀는 것은 맞다. 아무리 위장을 했어도 말이다.

식당에서 해장술(?)을 마시던 용병들이 추파를 던지자 몇몇 기사들이 검을 잡았지만, 타로스가 눈을 한 번 부라리니 그냥 주저앉았다.

세상 밖으로 나왔다고 해도 황제는 철저하게 갑의 위치였다.

물론.

용병들의 노골적인 눈빛이 여기사들의 몸을 쭉 훑으니 그녀들은 죽을 맛이었다.

한주먹도 안 되는 놈들이 깝죽거리는 꼴이 마음에 들지 않았던 것이다.

타로스는 한숨을 내쉬었다.

"여관으로 다니기는 글렀구나. 단장은 오전에 식료품 상점에 들러 넉넉하게 식량을 준비하라."

"예, 도련님."

일행들은 빠르게 식사를 마쳤다.

이곳 광산 도시는 그 특성상 자주 몬스터를 토벌해야

했고, 의뢰를 받기 위한 용병들로 항상 붐볐다.

하루 먹고 하루 사는 것이 특기인 용병들이었으니, 아무에게나 추파를 던지는 것은 흔한 일상이었다.

타로스가 그리 설정했으니 가장 잘 알고 있었다.

일정 수준의 선만 넘지 않으면 그냥 좋게 지나가는 편이 좋다.

괜히 일이 터지면 시간만 늦어진다. 기왕 이렇게 잠행을 나왔으니 하나의 신화만 얻는 것이 아니라 유물을 비롯하여 몇 가지를 챙겨 가려 했다. 그러니 상황들을 무사히 넘기는 것이 중요했다.

하지만 세상사가 그리 쉽게 흘러가지만은 않았다.

한눈에 보아도 거하게 취한 용병 두 명이 하필이면 세실리아에게 접근하였다.

일행들 중에서 유난히도 아름다운 외모를 가지고 있는 그녀였다. 괜히 랭턴 공작이 황제를 유혹하기 위하여 막내딸을 황실 기사단에 꽂아 넣은 것이 아니다.

달리 말하자면 황제조차 혹한다는 의미였다.

"꺼억! 아가씨, 이런 샌님 말고 우리하고 놀자니까?"

"……."

세실리아는 인내심을 발휘한다.

타로스의 곁은 여전히 레베카와 세실리아가 호위한다. 당연히 그녀의 곁에는 타로스가 있을 수밖에 없었다.

용병은 그녀의 어깨에 손까지 얹었다.

"이런 놈은 힘도 못 쓰잖아? 내가 천국의 맛을 보여 줄 테니 가자고!"

"저런 미친놈!"

차자자장!

타로스의 명령이 있었지만 감히 황제가 모욕을 당한 상황이었다.

기사도가 뼛속까지 박힌 황실 기사들에게 있어 이건 참을 수가 없는 일이었다.

이번에는 그랑카인 후작도 말릴 수가 없는 것 같았다.

세실리아는 타로스를 바라봤다.

"도련님, 죽여도 될까요?"

"이햐, 돈 많은 샌님이었어? 하하하! 돈이면 다 되는 세상 같지? 아니라고. 한 번 남자 맛을 보면."

꽈직!

결국 세실리아는 더 이상 듣지 못하고 용병의 얼굴을 날려 버렸다.

끄아아악!

당연히 상대가 되지 않았다. 용병의 레벨은 겨우 50대에 불과하였으니까.

일이 좀 더 험악해졌다.

타로스는 속으로 한숨을 내쉬었다.

'이거 어디서 많이 보던 상황인데.'

모험을 하다 보면 나오는 흔해 빠진 일상적인 일이다.

그냥 적당히 넘어가야 할까?

아니다. 여기서 약한 모습을 보이면 더욱 귀찮게 파리가 꼬인다.

한 번 정도는 실력 행사를 할 필요도 있었다.

"세실리아가 모두 처리한다."

"예!"

"끄으, 결국 넘기기로 한 거지?"

몇몇 용병들이 더 모여들었다. 아마 방금 전에 쓰러진 용병의 동료들인 것 같았다.

해장술을 한 채 해롱거리는 놈들은 당연히 세실리아의 상대가 되지 못했다.

퍼억!

"켁!"

빠아악!

"아아악!"

그녀는 검집으로만 내려쳤지만, 순식간에 다섯 명의 용병들이 바닥을 뒹굴었다.

순식간에 해결 완료다.

1층에서 술을 마시거나 식사를 하던 용병들은 자신들의 눈을 의심하였다.

술을 마셨다지만 나름 중급의 용병 다섯을 여자가 순식간에 처리하는 것을 보니 보통은 아니었다 싶은 것이다.

타로스는 더 일이 커지기 전에 모험가 길드에 들르기로 했다.

여기사들에게 남장을 시키든지 해야겠다고 다짐하면서 말이다.

"가지."

여기사들은 최대한 외모를 가리거나 남장을 하는 것으로 결론이 났다.

아무래도 이런 시골에 어울리지는 않는 외모들이었으니 괜히 날파리가 꼬이는 것을 방지하기 위해서였다.

식료품점에 들러 최대한의 식량과 산을 오르기 위한 물건들도 시장에서 구매하였다.

간단하게 배낭을 꾸려 장박을 할 준비도 마쳤다.

렌 산맥에 들어가면 며칠이나 신화를 찾아 헤매야 할지 모른다. 그러니 모포도 있어야 하고 간편하게 조리할 수 있는 도구들도 있어야 했다.

항상 지휘자의 입장에 있던 기사들에게는 당혹스러운 일이겠지만, 그들에게는 황제가 함께하고 있었다.

심지어 타로스도 배낭을 짊어지는데, 기사들이 군소리를 할 수는 없는 일이었다.

준비를 마치고 찾은 곳이 바로 모험가 길드 자벤 지부.

게시판에는 지질구레한 의뢰들이 다닥다닥 붙어 있었다.

잃어버린 개를 찾는다는 의뢰부터 시작해서 잡다한 심부름에 이르기까지. 제법 굵직한 의뢰들도 있었지만, 거의 직업 소개소 수준이었다.

초반에 유저들이 돈을 벌기 위한 수단으로 만들어 놓은 것이 이런 식으로 시장 바닥을 형성할 줄은 타로스도 몰랐다.

게시판에 자질구레하게 적힌 글들은 사소한 의뢰들이었고, 고액의 의뢰는 따로 받는다.

로빈슨 단장이 카운터에 의뢰를 하였다. 물론 쩌렁쩌렁한 외침이었다.

"렌 산맥을 손바닥 들여다보듯 하는 길잡이가 필요하다. 의뢰비는 100골드. 성공 보수로 200골드다."

"제가 자벤 토박이입니다! 제 앞마당입지요!"

"저요! 렌 산맥이라면 나뭇잎 개수까지 알고 있어요!"

"제가 전문가입니다!"

난리 법석이 됐다.

개나 소나 의뢰를 맡겠다고 난리였다. 로빈슨 단장이 제시한 금액이 겨우 길잡이 안내치고는 너무 후했기 때문이다.

로빈슨 단장이 누구를 지목해야 할지 난감해하고 있을 때, 타로스가 나섰다.

"저 사람으로 하지."

제이나 LV. 85
네임드 [추격자]

타로스가 이곳을 찾은 또 다른 이유이기도 했다.

§ § §

가만히 앉아 의뢰 목록을 살피고 있던 제이나는 흠칫 놀란 표정이었지만, 별다른 말은 없었다.

'그래, 그렇게 설정했지.'

많은 인물들이 타로스의 손을 거쳤다.

물론 그 이상의 인물들이 부하 직원들의 손에서 탄생하였지만, 제이나는 성장 배경부터 최후까지 타로스가 편집을 했다.

제국이 아닌 로하임 출신.

내전으로 인한 가족의 몰살과 자국 왕가에 대한 분노로 차근차근 복수심을 키운 것, 어쌔신부터 시작하여 용병, 모험가 등을 전전하며 동료를 모아 복수를 기다린다는 설정까지.

특히나 추격과 암살에 특화되어 있었으며 매복과 함정도 범상치 않은 수준이었다.

타로스의 입장에서 보면 인재의 육성보다 완성된 인재를 수집하는 것이 더 난이도가 낮다. 당장 전쟁이 터지는 시점에서라면 몇 개월간의 육성은 그리 큰 의미가 없는 시간이기도 했다.

이런 세세한 배경을 알고 있는 타로스의 입장과는 다르게 제이나는 정말 영문을 모르겠다는 표정이었다.

그녀의 얼굴에 약간의 당혹감이 스쳐 가다가 곧 표정이 사라졌다.

"그대의 이름은?"

"제이나 마이젠."

"의뢰를 받아들이겠나?"

"……"

그녀는 잠시 물끄러미 타로스를 바라봤다.

하지만 무너지지 않는 이성을 패시브로 가지고 있는 타로스에게서는 어떠한 감정도 읽어 낼 수 없다.

조금 황당한 일이었지만, 의뢰금이 꽤나 높았다.

지금 시절의 제이나는 군자금을 모으고 있는 중이었고, 돈이 되는 일이라면 닥치는 대로 했다. 그 덕분에 A급 모험가라는 타이틀을 가지고 있었지만, 그렇다고 쳐도 상당한 돈임은 확실했다.

"거부할 이유가 없군요."

"좋아. 여기 의뢰서다."

의뢰서는 공증이 되어 있었다.

거절을 하려면 지금 해야 한다. 그녀가 의뢰서에 수결을 하고 나면 도저히 불가항력적인 경우를 제외하면 성실히 수행을 해야 할 의무가 생긴다.

마법적인 처리까지 되어 있었기에 추적이 가능하며, 만약 선금을 떼어 먹거나 의뢰 중 도주한다면 자동으로 모험가 자격은 박탈된다.

돈이 필요한 제이나는 망설임 없이 사인을 했다.

타로스는 내심 희미하게 웃었다.

일단 그녀와 함께할 수 있는 시간은 벌었다.

제이나에 대해 일거수일투족을 알고 있는 타로스에게는 영입하기가 비교적 쉬운 인재라는 뜻이었다.

몇 가지 해프닝이 있기는 했지만, 정체를 들키지 않고 렌 산맥에 오를 수 있었다.

산맥 초입부는 광맥이 존재하며, 주기적으로 몬스터를 토벌하는 곳이었으므로 지금까지 단 한 마리의 몬스터도 나타나지 않았다.

길도 잘 닦여 있었으며, 안전한 지역이라고 표시가 된

곳으로는 끊임없이 광부들이 오갔다.

이런 상황이었으니 기사들도 다소 긴장을 풀고 등산하는 마음으로 산을 올랐다.

레베카와 세실리아는 후방을 경계하는 임무를 맡았다. 평소라면 그녀들이 황제를 최측근에서 호위하지만, 여기까지 나와서 그럴 필요는 없었기 때문이다. 최측근 호위는 지금 로빈슨 단장이 수행하는 중이다.

안전 지역을 벗어나는 것만 해도 몇 시간이다.

지루하게 산을 타고 있는 중이었으므로 세실리아는 레베카에게 약간의 잡담을 걸었다.

"조금 이해가 되지 않는 것이 있습니다."

"뭐가?"

"왜 저 여자인지요?"

"신경 쓰여?"

"그, 그럴 리가요."

"신경이 쓰이겠지. 하지만 걱정 안 해도 돼."

"어째서인가요?"

"폐하의 안목은 유별난 데가 있으시기 때문이지."

"폐하의 안목이라……."

레베카의 말에 세실리아는 알 듯 말 듯 한 표정을 지었다.

분명히 황제는 적재적소에 인재를 배치하는 능력이 있

었다. 또한 어떻게든 인재를 끌어들일 수 있는 방법도 알고 있었다.

최근의 경우만 해도 마탑이 그랬으며, 세실리아 본인조차 황제의 알 수 없는 힘에 이끌려 충성을 맹세하지 않았던가.

여러모로 신기한 사람이었다.

툭.

레베카가 그녀의 어깨를 살짝 쳤다.

"폐하를 유혹해야겠다는 생각은 버리는 편이 좋아. 그분은 어떤 유혹에도 굴하지 않는 분이거든. 오히려 유혹은 독이 될 수 있음을 명심해라. 선배로서 하는 충고야."

"아, 예."

"봐. 그럴 줄 알았지. 폐하를 유혹할 생각이었잖아?"

"……!"

세실리아는 자신도 모르게 본심을 드러냈고, 레베카는 그녀를 바라보며 희미하게 웃었다.

제이나는 추격술의 대가다.

은신, 추격, 암살에 특화되어 있었기에 플레이어의 입장에서 보면 정말 극악한 네임드일 수밖에 없었다.

하지만 그런 괴물이 아군이 된다면?

이보다 편할 수는 없을 것이다.

안전 지역을 지났으나 그녀는 거침없이 안내를 했다. 그것도 몬스터들이 지나다니지 않는 구역만 골라서 말이다.

　타로스가 제이나에게 준 단서는 하나뿐이었다.

　[발광하는 나무를 지키는 뱀.]

　해석하기에 따라서는 두 가지 단서일 수도 있겠다.

　하나는 발광하는 나무, 그리고 뱀이었으니까.

　타로스는 제이나에게 이런 장소를 아냐고 물었고, 그녀는 고개를 끄덕이며 안내를 시작했다.

　위험 지역에 접어들고 몇 시간이 흐르고 있었음에도 불구하고 그녀는 한 번도 몬스터와 맞닥뜨리지 않았다.

　물론 몬스터 따위야 나타나도 쓸어버리면 된다.

　무려 30명의 황궁 기사단이라면 어지간한 용병단 수백도 박살 내 버릴 수 있는 숫자였다.

　어둠이 내리기 시작하니, 슬슬 잘 곳을 찾아야 했다.

　"제이나 양, 안전 구역이 있소?"

　로빈슨의 말에 그녀는 말없이 절벽 아래를 가리켰다.

　움푹 들어간 지형의 절벽이었기에 하늘에서 뭔가 떨어질 걱정을 하지 않아도 됐고, 입구 하나만 잘 틀어막으면 끝이다.

"도련님께서 직접 지목한 모험가답군."

기사들은 흡족해했다.

사실 금역에 들어서기 전까지만 해도 기사들은 왜 황제가 제이나는 콕 집어서 지정했는지 알지 못했다.

정말로 그냥 예쁘장하기에 지목한 것이 아닌가 싶었던 거다. 하지만 금역이 시작되자 생각이 바뀌었다.

금역은 괜히 금역으로 불리는 것이 아니다. 자잘한 몬스터는 물론이고 재수가 없으면 보스 몬스터와도 마주친다.

이 정도 실력과 인원을 갖춘 단체가 몬스터로 골골거리지는 않겠지만, 싸우다 보면 시간이 가고 재수 없게 다치는 경우도 있다. 그런 귀찮음을 모두 걸러 낸 그녀였으니 더 대단하게 보이는 것이다.

어둠이 더욱 짙게 깔렸다.

"그랑카인."

"예, 도련님."

"주변에 알람 마법과 트랩을 설치해라."

"바로 가겠습니다."

한눈에 보아도 범상치 않아 보이는 마법사가 움직이자 제이나가 한동안 그랑카인에게 시선을 뒀다.

그러나 그녀가 보기에 범상한 사람은 여기서 한 명도 없었다.

도대체 정체가 궁금할 지경이었으나 의뢰인이 정체를 밝히지 않는다면 굳이 캐물을 필요가 없었다. 그것이 불문율이기도 했고.

화르륵!

모닥불이 곳곳에 피워졌고, 여기저기서 고기가 노릇하게 익어 갔다.

마침 그랑카인도 돌아와 잘 익은 고기를 뜯었는데, 제이나는 조금 황당한 표정이었다.

"의뢰인님, 한 말씀만 올립니다."

"해라."

"이곳은 금역입니다."

"그래서?"

"불을 피우는 것까지는 좋지만, 이렇게 고기 냄새를 풍기시면 필경 몬스터를 불러들일 겁니다."

"그렇다고 육포나 씹을 수는 없는 노릇이지."

"제 말은……."

"먹어라. 별일 일어나지 않는다."

"……예."

타로스의 말에 제이나는 입을 다물었다.

어리석은 사람들처럼 보이지만 그만한 힘이 있기 때문이라고 여겼다. 금역에서 이런 미친 짓을 하는 사람들이 몇이나 될까만, 그들은 개의치 않았다.

콰광!

"꾸에에엑!"

마법이 춤을 췄다.

그랑카인 후작은 부비 트랩이 아니라 아예 이곳을 요새화시켰다. 몬스터가 선을 넘기만 해도 바로 마법이 발동됐다.

몇 번이나 마법이 터져 나갔지만 사람들은 신경 쓰지 않았다.

술도 한 모금씩 마셨다.

사실, 여기서 술을 마신다고 취하는 사람도 없었다. 그러니 자유롭게 술을 마시게 한 것인데, 이 역시 제이나가 이해 못 하기는 마찬가지였다.

그런 와중에 타로스의 한마디가 그녀에게 훅 치고 들어갔다.

"제국은 곧 전쟁에 돌입하지. 율리우스 왕국과 말이야."

"⋯⋯들었습니다."

"그대는 제국의 다음 목표가 어디라고 생각하나?"

"제국의 다음 목표라⋯⋯. 그걸 일개 모험가가 알 수 있을 리 없죠."

"로하임이다."

"⋯⋯!"

제이나의 동공에 지진이 일어났다.

로하임.

그녀가 원수처럼 생각하는 왕국이자 복수를 위하여 칼날을 갈고 있던 제이나의 입장에서는 매우 놀라운 일이었다.

겨우 이틀 만에 목적지에 도착했다.

제이나가 이틀 동안 생각한 것은 이들의 정체였다.

조심해서 안내한다고는 했지만, 두 번이나 몬스터 떼와 마주하였다.

하지만 그때마다 몇몇 용병들이 출전하여 죄다 쓸어버렸다.

중형 몬스터이건, 대형 몬스터이건 상관없었다.

모두 몇 명에 의하여 박살 났고, 보스 몬스터로 보이는 놈들은 중년의 전사가 단 일합에 검을 휘둘러 죽여 버린 적도 있었다.

바보가 아니고서야 이 집단이 보통의 용병이라고 생각할 수는 없었다.

이 정도 힘을 가진 용병단이라면 세상에 이름을 떨쳤어야 한다. 아니, 용병왕이 움직이는 용병대도 이 정도는 아닐 것이다.

그리고 그 중심에 있는 남자.

단 한 번도 힘을 보인 적은 없었지만, 이 괴물 같은 무력의 소유자들은 남자의 말을 하늘처럼 따랐다.

지금껏 어떤 의문도 품지 않았다. 오직 명령과 복명만 있을 뿐이었다.

도대체 이런 집단을 무엇이라 표현해야 할까?

"여깁니다."

제이나는 복잡한 생각은 집어치우고 의뢰인에게 목적지를 손가락으로 가리켰다.

목적지까지는 겨우 300미터 지점.

언덕 위에서 내려다보니 거대한 뱀이 똬리를 틀고 있었다. 일명 맹독 스네이크라고 불리는 놈이며, 이 산맥에서 가장 위험한 네임드였다.

제이나조차 몇 번이나 저놈에게 죽을 뻔했다.

"너희들에게는 아직 무리일 것이다."

"하오나, 한 번 부딪쳐 보고 싶습니다."

이들 중에서도 가장 강력한 전사인 로빈슨이 외쳤다.

의뢰인은 가볍게 고개를 끄덕였다.

"일합도 어렵다는 생각이 든다만, 그렇게 원한다면."

의뢰인은 마법사에게 턱짓을 했고, 마법사는 온갖 버프를 중년 남자에게 걸어 주었다.

로빈슨은 기세 좋게 이동하여 맹독 스네이크와 결전을 벌였다.

콰과과광!

숲이 떠나갈 정도로 굉음이 연신 울려 퍼졌다.

딱 열 합이다.

맹독 스네이크는 괜히 이 지역 최악의 몬스터라고 불리는 것이 아니다. 그만한 힘을 가지고 있었기 때문이다.

그 열 합을 버틴 것도 저 남자가 어마어마한 괴물이라는 사실을 단적으로 증명하는 예였다.

의뢰인은 혀를 차며 손짓했다.

"그대의 상대가 아니다."

"화, 황공하옵니다."

"황공?"

천천히 맹독 스네이크에 접근하는 의뢰인을 보며 제이나의 눈동자가 확장되기 시작했다.

§　§　§

콰과과광!

타로스는 가볍게 거대한 뱀의 몸통박치기를 막아 냈다.

투명한 막에 머리를 박은 놈은 오히려 나가떨어졌다. 본인의 힘에 카운터를 맞은 거다.

'이미 끝난 상황이군.'

타로스의 입가가 살짝 씰룩거렸다. 보는 사람들은 확인

할 수 없을 정도로 말이다.

하마터면 마력을 심지 못할 뻔했다. 직접 터치는 하지 못하는 이상 원격으로 마력을 심어야 했는데, 보스 몬스터 중에서는 실드로 항상 몸을 둘러싸고 있는 놈들이 있었다.

맹독 스네이크는 그런 종류 중 하나였고, 싸움을 위하여 마력을 발출하지 않고는 절대 실드가 깨지지 않는다. 놈보다 높은 레벨의 기사라면 모르겠지만 현재로서는 어렵다.

로빈슨 단장이 몇 합에 불과하였지만, 맹독 스네이크와 싸우는 바람에 마력을 심을 수 있게 되었다.

놀라고 있는 제이나의 얼굴이 보였다.

아마도 곧 있으면 놀라는 얼굴이 경악으로 바뀔 것이다. 머지않았다.

맹독 스네이크는 정신을 차리고 다시 달려들었다.

타로스는 한 번 더 앱솔루트 배리어를 쳤다.

쾅! 쾅! 쾅!

이 멍청한 독사는 미친 듯이 실드를 두드리다가 또 나가떨어진다.

어떻게든 뚫으려 하였지만, 그건 물리적으로 불가능한 일이다.

앱솔루트 배리어는 어쩌면 창조의 영역일지도 모른다.

어떠한 방법으로도 뚫을 수 없으니까.

"싱거운 놈이군."

쉬쉬식!

영물에 가까운 놈이니 타로스의 말을 알아들었을지도 모르겠다.

악에 받쳐 미친 듯이 쇄도하는 모습을 보니 타로스마저 위압감을 느낄 정도였다.

그러나 놈에게는 이미 마력이 스며들어 있었다. 어떤 식으로든 타로스를 타격할 수 없다는 뜻이다.

"이만 죽어라."

쿠아아아아앙!

-끼에에엑!

산맥 전체로 피어가 울려 퍼졌다.

새들이 날아오르고 몬스터들이 사방으로 물러났다.

동시에 놈은 분해됐다.

파워드 킬은 드래곤도 분해해 버렸다. 이 정도의 네임드 몬스터야 버티지 못하는 것이 당연하다.

'이 정도면 신살도 가능할지 모르겠는데.'

신들이 있다면 그조차 창조된 존재들이니 타로스가 죽일 수 있을지 모른다. 지상계에 모습을 드러낼지는 미지수였지만.

후둑. 후두두둑.

방금 전까지 거대한 뱀이었던 것들의 잔해가 떨어진다.

"……."

침묵이 흐르는 순간이었다.

모두가 경악스럽게 황제를 바라보고 있었다. 몇 번을 보아도 도저히 이해 불가의 영역이었기 때문이다.

침묵을 깨고 타로스의 입이 열렸다.

"로빈슨 단장."

"예, 예!"

척!

로빈슨이 부복했다.

"놈의 잔해를 사용할 수 있겠나?"

"최대한 수습하여 무구로 만들 수 있는 방안을 찾아보겠사옵니다!"

"좋아. 입구를 지켜라."

"존명!"

당연하게도 누구 하나 타로스의 말을 거스를 생각은 하지 못했다.

저벅저벅.

타로스는 특이한 힘이 흐르고 있는 나무 밑동으로 들어갔다.

나무 밑동은 일종의 던전이었다. 다만 던전 안에 가디언이 있었던 것이 아니라 밖을 지키고 있었을 뿐이다.

밑동 아래에는 좌우로 천사와 악마를 형상화한 석상들이 쭉 늘어서 있었고, 신마대전 당시의 상황을 그대로 재현해 놓은 벽화들이 음각되어 있다.

신학자들이 본다면 대단한 의미를 부여할지도 모르겠다.

하지만 애초에 기획 의도는 그런 대단한 것이 아니었다. 그저 유저들에게 뭔가 있어 보이게 하기 위하여 이런 식으로 기획된 것뿐이다.

그 밖에 룬어들이 빼곡하게 쓰여 있었으니, 마법사들과 신학자들이 함께 들어와 연구를 할 수 있을 것 같았다.

물론 타로스의 관심 밖이다.

그는 오직 오목한 책상 위에 펼쳐진 마법서만 보았다.

알 수 없는 언어였지만, 진실의 눈으로 해독이 됐다.

[초감각 마법서[패시브]]

화르르륵!

들고 온 횃불로 마법서를 태워 버린다.

스아아아!

마법서에서 흘러나온 빛이 타로스의 머릿속으로 들어가 아로새겨진다.

그 순간, 타로스는 초감각을 사용하는 방법을 습득했다.

굳이 관조를 하거나 실험하지 않아도 초감각을 자연스럽게 사용할 수 있게 됐다.

정신을 집중하자 시간이 느리게 흘러가는 느낌이 들었다.

일렁거리는 횃불은 슬로 모션처럼 흘러갔고, 옷깃은 매우 느리고 선명하게 펄럭인다.

초감각을 풀자 다시 시계가 똑바로 흐른다.

어느 정도 정신력 소모는 있었지만, 이것이 마력을 소모한다는 의미는 아니었다.

타로스는 주먹을 불끈 쥐었다.

초감각을 얻었으니 이제 초공간 이동만 얻으면 된다.

어마어마한 속도로 고속 이동을 하는 신화급 스킬을 얻게 된다면 타로스를 상대할 수 있는 적은 그리 많지 않을 것이다.

던전 밖.

황제가 들어가고 10분이 흘렀다.

기사들은 그 자리에 앉아 휴식을 취했다.

제이나의 곁으로 레베카가 주저앉았다.

"과연, 그분이 무엇을 원하는지 알 것 같군요."

"……."

"당신, 평범한 모험가는 아니군요?"

제이나는 온통 던전으로 들어간 남자에게 신경을 집중하고 있었다.

도대체 그는 누구인가 하는 물음.

도저히 그 사내가 황제라고는 생각지 못하고 있었다. 다만, 뭔가 대단한 인간이라고는 여기고 있는 중이다.

"그분은 누구신지요?"

"그건 그분께서 스스로 밝히셔야 알 수 있는 일이겠죠."

"저에게 바라시는 것이 있는 것 같군요."

"알고 계실 텐데요?"

제이나의 입술이 살짝 씹혔다.

맹독 스네이크를 단숨에 죽여 버린 괴물이라면.

모든 공격을 무위로 돌려놓고 이 정도의 전사들을 보유하고 있는 세력이라면.

어쩌면 로하임을 무너뜨릴 수 있지 않을까?

누군지는 모르겠지만 저런 압도적인 강함이라면 제후 중 하나는 아닐까 추측하고 있었다.

제국은 강함이 전부인 세상이다.

강자가 모든 것을 가지는 이 세상에서 저런 압도적인 강함을 가진 자가 제후가 아니라고 말하는 것이 오히려 이상한 일일 것이다.

그러나 제후 중에서 저 정도로 강한 사람이 몇이나 될까?

'고위급 귀족인가.'

그녀는 고개를 흔들었다.

고위급 귀족도 저렇게 강할 수는 없다.

제이나의 눈이 부릅떠졌다.

"서, 설마 황제 폐하는……?"

"글쎄요?"

몸이 떨려 왔다.

하지만 그가 황제라면 도대체 이곳은 어쩐 일일까?

그녀가 엄청난 충격으로 몸을 떨고 있을 때, 황제로 짐작되는 남자가 걸어 나왔다.

"그랑카인 후작."

"예, 폐하!"

"……!?"

남자가 후작이라는 노인을 이름으로 불렀다.

그러자 그가 즉시 부복했다.

제이나의 예상이 확정되는 순간이었다.

"그랑카인 후작이라니…….'

그랑카인 후작은 얼마 전에 마탑에서 궁정 후작으로 임명되었다.

그러한 사실이 아직 퍼지지 않았지만, 대충 제이나는 그랑카인이 누구인지 알아봤다. 동명이인이라고 생각했는데, 정말로 마탑주였을 줄이야.

거기에 단장이라는 자도 그렇다.

"황실 기사단장 로빈슨 자작……."

아귀가 딱딱 맞아떨어졌다.

무심하고 권태로운 표정의 남자는 황제가 확실했다.

300년을 살아왔다는 불멸의 왕.

봄에는 율리우스 왕국과 전쟁까지 예정되어 있는 상태다. 당연히 승리할 것이라고 여기고 있었으며, 그 이후에는 로하임을 치겠다고 어제 말한 것이나 다름없었다.

제이나는 복수를 위해 살아왔다.

그런 황제가 제이나를 지목했다.

그녀의 눈이 황제에게 고정됐다. 동공에서는 끊임없는 지진이 일어났다.

"이 안쪽은 던전이다. 고대에 작성된 룬어들이 가득하지. 한 번 보겠나?"

"영광스러운 일이옵니다!"

"다들 들어오도록."

"존명!"

기사들도 후다닥 뛰어 들어갔다. 그리고 제이나가 그 뒤를 따랐다.

'이건…… 기회일까?'

던전 안으로 들어온 사람들은 기사들이 대다수였으나 이 신기한 광경은 넋을 놓고 바라봤다.

나무에서 뿜어져 나오는 힘이 신성력이었을까?

그게 뭔지는 타로스도 알 수 없었다.

"그랑카인 후작."

"예, 폐하!"

"어떤가? 마법적인 가치가 있겠나?"

"그건 연구를 해 보아야 할 것 같사옵니다! 이 정도로 고대 룬어가 빼곡하게 박혀 있는 모습은 처음인지라."

그렇게 말하면서도 그는 흥분하고 있었다.

어쩌면 대단한 발견을 할지 모른다는 흥분 말이다.

다만, 이걸 오늘 전부 발굴하고 필사하기에는 무리가 있었다. 조사를 완료하기 위해서는 최소한 한 달 이상의 시간이 필요했다.

이제 그랑카인은 궁정 후작이었고 업무도 보아야 한다.

던전의 발굴은 궁정 마법사들이 맡아서 해야 한다는 소리다. 그러자면 이곳을 보호해야 할 필요가 있었다.

'어쩌면 행적이 드러날 수도 있겠지만, 그렇다고 이런 중요한 유적을 잃을 수는 없지.'

"황궁에 연락하여 란투스 자작에게 공문을 하달하라고 일러라."

"어떤 내용입니까?"

"금역을 지배하던 지배자가 죽었고 그곳에서 던전이 발견되었으니, 궁정 마법사들이 도착하기 전까지 병력을 보내 보호하라고."

"존명!"

란투스 자작령.

비록 귀족파에 속해 있다지만 광산 도시 몇 개를 가지고 있는 란투스 자작은 그저 그런 제국의 중소 귀족에 불과했다.

제후에도 급이 있었고, 란투스는 간신히 자작 위에 오른 영주였기에 이런 산골 벽지에 영지를 받은 것이다.

그런 그에게 내려온 황제의 명령.

금역의 지배자인 맹독 스네이크가 죽었으니, 놈이 지키던 던전에 병력을 급파하여 궁정 마법사들이 올 때까지 보호하라는 것이었다.

최근 들어 다시 움직이며 파격적인 행보를 보이고 있는 황제였다.

얼마 전에는 직접 움직여 드래곤을 단숨에 죽여 버리기도 했다. 게다가 중립파의 거두이자 제국의 2인자인 랭턴 공작이 충성을 맹세했다.

뿐만이 아니라 마탑의 마탑주 역시 작위를 받았고, 궁정 마법사가 되었다.

이런 황제의 명령을 거부한다는 선택지는 있을 수 없었다.

이번 전쟁에서 좋은 땅을 할당받기 위해서라도 잘 보일 필요가 있었다. 해서, 그는 병력을 급파했다.

그리고 오늘로 이틀째.

마법 통신으로 연락이 왔다.

—보고 드립니다! 도착을 해서 보니 정말로 맹독 스네이크가 죽어 있었고, 던전이 발견되었습니다!

"그 괴물이 죽었다고!?"

—그, 그렇습니다.

"허어, 도대체 어떻게 된 일인가."

—잘은 모르겠지만 단숨에 터져 죽은 것 같습니다.

영지의 마법사는 그렇게 보고해 왔다.

오죽하면 산맥 일부분을 모조리 금역으로 지정했을까. 그건 바로 맹독 스네이크 때문이었다. 어떤 방법으로도 죽일 수가 없었기 때문이다.

그런데 그런 놈이 단숨에 터져 죽었다?

란투스 자작의 눈이 커졌다.

"설마 폐하께서 다녀가신 건가."

제14장
요동치는 정세

타로스는 이번 잠행에서 가장 중요한 여정을 시작했다.

이제 초감각은 얻었고, 초공간 이동 스킬만 얻을 수 있다면 일단 기본은 완성하는 셈이 된다.

어떠한 사태가 벌어진다 해도 죽지 않을 정도는 될 것이며, 강자존의 법칙이 지배하는 제국에서 황권이 박탈당할 일은 없어진다.

게다가 타로스는 불사의 존재가 아니던가.

어떤 강대한 적이라고 해도 100년 이상 사는 경우는 없을 테니, 결국에는 타로스가 최후의 승리자가 될 것이다.

최대한 비밀리에 움직일 필요가 있었지만 이미 란투스 자작령에 공문을 내렸으니 몇몇 귀족들은 알지도 모르겠다.

그렇다고 그런 대단한 유적이 타로스의 손에서 벗어난다는 것은 있을 수가 없는 일이다. 신학이든 마법이든 뭔가 발견될 가능성이 높았으니까.

이제 타로스는 라이너스 후작가로 이동 중이다. 그곳에 초공간 이동이 존재하였으니 당연한 일이다.

그동안 타로스는 맹독 스네이크를 잡고 얻은 스탯을 분배했다.

[체력: 60(+5) 힘: 60(+10) 민첩: 45(+5) 마력 56(+20)]

레벨은 5개가 올랐고, 총 20개의 스탯을 얻었다. 앞으로 얻을 유물들의 최소한 요구 수치를 맞추기 위하여 민첩과 마력에 10개씩 투자했다.

좀 더 몸이 가벼워지고, 몸속에서 요동치는 마력이 증가하는 것을 느꼈다.

"폐하."

지금은 저녁 무렵.

야영을 해야 했고, 야영장이 꾸려지는 동안 생각에 잠겨 있었는데 레베카가 타로스를 일깨웠다.

그는 가만히 눈을 떴다.

"준비가 끝났사옵니다."

"가지."

타로스에게도 수련이 필요한 시점이었다.

물론 불멸왕이라고 불리는 존재의 수련이 평범할 리는 없었다.

너른 공터.

목적지까지 말을 타고 이동하고 있었으나 행군 속도가 그리 빠른 편은 아니었다.

어차피 황제가 없어도 전쟁은 착착 준비되고 있는 중이었고, 원래부터 태업을 일삼았던지라 대부분의 일들은 재상부에서 처리할 수 있었다.

그렇기에 황제는 느긋하게 여행을 하는 기분으로 영토 순방을 하는 중이라고 생각됐다. 물론 던전을 탐험하고 뭔가를 찾는 움직임을 보였지만, 기사들은 황제가 무엇을 하든 크게 신경 쓰지 않았다.

그러나 황제의 수련이라면 이야기가 달라진다.

세계 최강의 존재인 황제가 수련을 한다니.

벌써부터 기사들은 과연 이러한 수련을 황제가 정말로 해낼 수 있는지에 대해 관심을 모았다.

"이보게, 도대체 폐하께서 무엇을 하려 하심인가?"

그랑카인이 한창 준비 중에 있는 로빈슨 단장을 바라보며 레베카에게 물었다.

그녀는 담담하게 말했다.

"일종의 동체 시력을 강화하는 수련으로 보입니다."

"동체 시력? 폐하께 그런 수련이 필요하기는 한가?"

"글쎄요. 폐하께서 원하시니 저희는 준비할 뿐이죠."

"동체 시력 강화라고 치지. 그런데 웬 화살을 쏘려고 하는 건가?"

"화살을 쏘아 보낼 때 폐하께서 화살촉을 보시고, 그곳에 적힌 숫자를 맞히는 연습입니다."

"……."

화살에 적힌 숫자를 보는 것.

아까까지만 해도 그랑카인은 화살대에 적힌 글자를 맞히는 것이라고 생각했다. 그것도 곡선을 그리며 부드럽게 날아가는 화살에 대해서다.

하지만 지금 황제가 하려는 건 화살에 마력을 담아 빛과 같이 쏘아지는 화살의 촉에 쓰인 글자를 맞히는 수련이라고 한다.

애초에 기사단장이 쏘는 화살이 보이기나 할까.

궤적을 쫓는 것만 해도 힘든 일이다. 그런데 화살촉에 적힌 숫자를 본다? 이게 말이 되는 일인가?

"허어, 그런 일이 가능할 리가 있나."

"폐하라면 가능한 일로 보입니다."

"그건 아무리 폐하라도……."

불멸왕의 수련은 인간의 상상을 뛰어넘고 있었다.

드래곤이라고 해도 가능할까 하는 수련이다. 하기야 그런 드래곤조차 황제에게 단숨에 찢겨 죽었으니 뭔가 가능할 거라는 기대가 들기는 했다.

저벅저벅.

황제는 특유의 무심한 얼굴로 걸어 나왔다.

더욱 그에게 기대가 모이는 순간이었다.

로빈슨 단장이 말했다.

"폐하, 마나를 싣사옵니까?"

"최대한."

"조, 존명."

꽈드드드득!

어마어마한 탄성을 가진 대궁이 울부짖었다.

활이 부러질 듯이 휘어지고 어마어마한 마력이 스며든다.

굳이 마법사가 아니더라도 마나를 다루는 자들이라면 모두 느낄 수 있었다. 그리고 이곳에서 마나를 다루지 못하는 자는 없다.

어느 순간.

피융!

꽈아아앙!

숲의 일정 부분이 박살 나며 폭발을 일으켰다.

웬만한 사람들은 화살의 궤적도 읽지 못했다. 너무 빨라서 그냥 뭔가 지나갔다고만 느꼈을 뿐이다.

황제가 슬쩍 웃었다. 아니, 사람들은 그가 웃었다고 느꼈다.

"3이로군."

"허!"

"말도 안 되는……."

이해 불가의 상황.

황제는 인간이 도전할 수 없는 수련을 하고 있었다.

타로스는 화살촉의 숫자를 두 자리로 바꾸었다.

이번에는 기사들도 고개를 내저었다.

인간의 시력에는 한계가 있었다.

좀 더 과학적으로 접근하면 인간이 1초에 인식할 수 있는 프레임은 60이다. 1초에 60장의 장면을 인식할 수 있다는 뜻이다.

훈련을 한다면 인식할 수 있는 프레임은 좀 더 높아지며, 동체 시력을 갖게 되기도 하지만 어디까지나 인체 구조적인 한계가 있었다.

마나를 사용한다고 해도 마찬가지다.

과연 타로스가 굉장한 육체를 타고났을까? 결코 아니다. 오히려 동체 시력은 여기 있는 그 누구보다 떨어졌다.

타로스가 인식할 수 있는 사물의 프레임은 기껏해야 60~70 정도.

그저 초감각이 있기에 시간이 느리게 흐르는 것뿐이다.

피융!

로빈슨 단장이 화살을 날리는 순간 초감각을 사용한다.

주변의 모든 것이 느리게 흘러간다. 사람들의 움직임도 멎은 것같이 느껴졌고 바람까지 움직임을 멈춘 듯하다.

그러나 그 와중에 화살이 이동하고 있었다. 이는 마치 총탄을 보는 것과 같았다.

화살이 지나가자 타로스는 안력을 집중했다.

'35'

쿠아아앙!

초감각을 풀자 또다시 숲 언저리가 박살 났다.

다시 사람들의 시선이 타로스에게 집중되었다.

"35다."

"와아아아!"

기사들 사이에서 소란이 일어났다.

분명히 타로스는 숫자가 새겨지는 순간을 보지 못했다. 오직 그걸 새긴 기사들만 알고 있었다.

하지만 타로스는 정확하게 짚어 냈다.

이제 이 정도로는 타로스의 성에 차지 않았다.

"숫자를 좀 더 작게 적든가, 촉끝에 적도록 해라."

"조, 존명!"

아직 수련은 끝나지 않았다.

타닥타닥.

잠자리가 준비되었고 식사도 마쳤다.

알람 마법까지 완벽하게 설치되었기에 이곳에서 하루 묵고 내일 아침이 되면 다시 이동할 것이다.

타로스는 오늘의 수련에 대해 생각하고 있는 중이었다.

결과적으로 보면 화살촉 끝에 작게 숫자를 적어 넣어도 충분히 볼 수 있었다.

초감각이라는 것이 단순히 시간만 느리게 흐르게 하는 것만이 아니라 시력 자체도 독수리 이상으로 보정하는 것 같았다.

처음 이곳에 떨어졌을 때를 생각하면 상상도 할 수 없는 발전이었다.

그 때문에 조금 아쉽다.

로빈슨 단장이 좀 더 활 쏘는 실력이 뛰어났다면 어떨까.

기본적으로 기사들은 궁술에 능하였지만, 그게 특기는 아니었다. 어디까지나 기마술이나 검술, 창술이 특기다.

"폐하."

타로스는 아름다운 미성에 고개를 들었다.

그녀는 일단 타로스를 쫓아다니기로 마음먹은 제이나였다.

의심이 많은 그녀였기에 지금 당장은 충성을 맹세하지

않았지만, 타로스의 행적과 실력 행사를 확인하면 반드시 자신의 사람으로 만들 수 있다고 여겼다.

"무슨 일인가."

"폐하께서는 인간이 아니신가요?"

"그렇게 보였나."

"제 눈에는 그리 보였사옵니다."

"그럴 수도 있지. 인간이라면 이미 250년 전에 죽었어야 하니."

타로스는 여전히 권태로운 연기를 했다.

대륙 통일이라는 목표가 있다고 하여도 세월에 마모된 감정은 금방 복원되는 것이 아니다.

타로스가 가진 가장 큰 특징이 바로 권태로움이었다. 무엇을 해도 감정을 드러내는 일이 없는 것이 가장 자연스러운 모습이었다.

"인간이 맞다는 말씀이십니까?"

"그렇기에 인간의 황제를 하고 있다. 짐이 인간이 아니었다면 인간의 황제를 하고 있겠나?"

많은 눈이 타로스에게 향했다.

인간이기에 인간을 위해 군림한다.

즉, 다른 종족의 왕위는 거저 준다고 해도 벗어 던질 것이라는 뜻과 같았다.

"그러하시다면 백성을 위하여 평화를 추구하심입니까?"

"백성이라. 그보다는 인간을 위할 뿐이지."

"그렇습니까."

과연 타로스다운 대답이었다.

사람들은 타로스가 황위에는 크게 욕심이 없다는 것을 알아챘다. 아니, 세상만사 관심 있는 것이 드물다고 봐야 할 것이다.

그럼에도 타로스가 움직이는 이유가 무엇인가.

제이나는 그것을 알고 싶어 했고, 타로스는 답을 했다.

"인간이 인간답게 살아가는 세상을 만들어 갈 뿐."

그녀의 눈에 이채가 흘렀다.

그런 모습을 보며 타로스는 피식 웃었다.

"감히 그런 질문을 하다니, 무엄하기 그지없군."

"죄송합니다. 그저 폐하의 본심을 알아야 하기에."

"어째서인가?"

"폐하의 목적과 제가 추구하는 목적이 맞아야 목숨을 걸 수 있습니다."

"답은 얻었나."

"폐하의 칼이 되겠나이다."

"……."

제이나의 영입.

기사들은 이미 그녀의 능력에 대해서는 대충 알고 있었다.

그녀가 영입된다면 황제는 정보부와는 다른 성격을 가진 제2의 정보부를 운용할 수 있다.

정보만 취급하는 것이 아니라 추격과 암살을 전문으로 하는 집단이 탄생하는 것이다.

일종의 특수 부대였다.

"제2정보부 수장을 맡아라."

다음 날 오전.

일행은 숙영지를 벗어나 이동했다.

여전히 목적지는 라이너스 후작가다.

앞으로 이틀 정도만 더 가면 도착할 수 있을 것으로 보인다. 하지만 타로스는 절대 서두르지 않았다.

어차피 여기서 체력이 가장 모자라는 사람이 타로스였기에 괜히 급하게 이동하여 밑천을 드러낼 이유는 없다.

여전히 타로스는 무심하였으나 세상을 유람하는 돈 많은 상인처럼 보이기도 했다.

황제의 행동에는 의문을 가질 수가 없다. 여행을 하는 건지, 국토 순례를 하는 건지 그건 알 수 없었지만 그저 기사들은 황제를 수행할 뿐이었다.

달리는 도중에 뒤쪽이 소란스러워졌다.

"폐하! 일단의 무리들이 접근하고 있습니다!"

진군을 멈추고 기사들은 타로스를 보호하는 진영으로

방진을 이룬다. 그리고 최후방에는 그랑카인 후작이 마법을 준비했다.

저 멀리서 어디선가 많이 본 적이 있던 인물이 달려오고 있었다.

모든 귀족들이 모였던 콜로세움 경기장이나 황제의 궁에서 회의를 할 때에도 말석이기는 했지만, 당당히 제후의 자리를 차지하고 있던 젊은 자작이다.

란투스 자작은 50미터 떨어진 곳에 말을 멈추고 달려와 무릎을 꿇었다.

"폐하! 신 란투스, 폐하를 호종하기 위하여 이곳에 찾아왔습니다!"

"호종이라."

"그저 수행을 허락해 주시옵소서!"

귀족파에 있던 란투스 자작이다.

이번 기회에 노선을 갈아탈 모양이었는데, 타로스로서는 받아들이지 않을 이유가 없었다.

물론, 뭔가 핑계는 있어야 했다.

"란투스 자작, 경의 특기는 활쏘기였지."

"예? 아, 물론입니다!"

흔치 않은 특기다.

"경은 짐의 수련을 도와라."

§ § §

비옥한 평야를 끼고 발달한 영지 아젠타.

스론 아젠타 남작은 제후들 중에서는 그나마 비옥한 토지를 가지고 있어 소출이 높았지만, 남작이라는 한계는 벗어나지 못했다.

제국에는 워낙에 쟁쟁한 강자들이 많았다.

오직 실력만으로 권력의 유지가 가능한 곳이 제국이기에, 지금보다 강해질 수 없다면 승작은 불가능했다.

그 탓에 아젠타 남작은 주변 제후들의 끊임없는 견제를 받아야만 했다.

대표적인 중립 귀족으로 알려져 있었지만 이제 슬슬 한계에 직면했다. 그건 바로 중립파의 거두인 랭턴 공작의 이적 때문이었다.

랭턴 공작은 황제가 드래곤을 일격에 쳐 죽이는 광경을 보는 순간, 도저히 뛰어넘을 수 없는 산이라는 것을 느끼고 황가에 충성을 맹세하였다.

그 덕분에 많은 중립 파벌의 귀족들이 황제파로 돌아서는 중이다.

나름대로 황제는 영토 순방 때문에 비밀리에 이동하고 있었으나, 황가의 명령이 란투스 자작가에 내려진 순간부터 많은 제후들은 황제의 움직임을 주시했다.

제후들의 정보망은 제국 전체에 깔려 있었다.

황제의 움직임이라면 주시하는 것이 맞았고, 아젠타 남작도 정보 단체들에 돈을 뿌려 그 움직임에 촉각을 곤두세웠다.

그리고 오늘, 황제가 곧 있으면 영지로 들어온다는 사실을 알아냈다.

"폐하께서 오전 내로 칸트리로 들어선다고?"

"그, 그렇습니다."

"어디서 나온 정보인가?"

"바론 영지의 정보 길드에서 거액을 들여 구매한 정보입니다."

불멸왕의 행차.

물론 공식적인 건 아니다. 감찰을 온 건지, 그저 국토를 순방하는 것인지 목적은 정확하지 않았다.

황제는 드래곤과 맹독 스네이크를 죽였다. 어쩌면 제국 내 존재하는 불가사의한 위협을 직접 처단하려 하는 것일지도 모른다.

어느 순간부터 갑자기 각성하여 정무를 돌보기 시작한 황제는 제국에 가장 큰 위협이 되는 드래곤을 박살 냈으니 아마도 제후들이 처리하지 못하는 제국 내의 존재를 전쟁 전에 제거하려 한다는 의견이 가장 합당했다.

황제가 이동하는 길마다 정세가 요동쳤다.

서서히 황제에게 추가 기우는 느낌이 들었다. 귀족이라면 누구라도 정세에 민감하였고 권력 유지를 위해서는 강한 쪽에 붙는 것이 가장 현명한 처세였다.

아직 결정은 못 했지만, 그렇다고 황제에게 밉보여 좋을 것이 하나도 없다.

"지금부터 비상사태를 선포한다. 그 어떤 일이 있어도 폐하의 행차에 방해가 되거나 영지가 책잡힐 일은 없어야 한다."

"예!"

기사단장은 굳이 긴장을 숨기지 않고 외쳤다.

전형적인 농촌 도시 칸트리.

농촌에 도시가 있다는 것이 현대인의 상식으로는 좀 이해가 되지 않았지만, 농자천하지대본(農者天下之大本)은 동서양을 막론하는 고대의 진리다.

제국 내에서도 손꼽히는 비옥한 토지를 가진 아젠타 영지라면 농업을 중심으로 하여 도시가 발달하는 것도 이해할 수 있었다.

영지가 소화할 수 없을 정도의 소출이 발생하면 곡식을 수매하려는 상인들로 들끓었고, 자연히 도시가 발달한다.

비옥한 토지에는 날파리가 꼬이기 마련이니, 도적들을 막기 위한 성채가 지어지며 군대가 주둔한다.

이런저런 이유로 도시가 발달하게 되는 것이다.

다만, 상업 도시 만큼이나 어마어마한 인구 유동이 있는 건 아니었다.

도시라고는 해도 성채가 있다는 것을 제외하면 마을이 발전한 형태에 불과하다.

"추수가 한창이로군."

"재작년에 비한다면 처참한 수준이라고 합니다."

레베카가 타로스의 말에 지식을 꺼냈다.

황금빛 벌판이 끝도 없이 펼쳐져 있었지만, 2년 동안의 가뭄으로 곡식의 낱알이 적었다.

저수지들이 곳곳에 보이기는 했지만, 그마저도 말라 버렸고 먼 곳에서 물을 끌어와야 한다. 아마 이곳에 심어진 곡식들이 밀이 아닌 쌀이었다면 죄다 망했을 것이다.

도시로 들어가자 곳곳에서 탈곡하는 소리들이 들렸다.

상인들이 오가고 있었지만 그 역시 숫자가 대폭 줄었다고 한다.

그래도 아젠타는 사정이 나은 편이다. 아예 구휼미를 풀어야 구제가 될 정도로 농사가 망한 지역이 태반이었으니까.

타로스는 한창 탈곡 중인 농부를 찾았다.

얼마 전에 파격적인 세제 개혁을 단행하였으니 실질적으로 어떤 영향을 끼치는지 알아보기 위해서다.

"그게……. 행정관님이라굽쇼?"

"그렇다."

로빈슨 단장은 농부에게 은화를 하나 쥐여 주었다.

단숨에 농부의 눈이 커졌다.

이제 농부도 대화를 할 준비가 됐다.

타로스 앞에 농부가 구부정한 자세로 섰다.

"올해의 작황은 어떠한가."

"예……. 그게."

"사실대로 말해도 된다. 너를 벌주려 함이 아니다. 그저 알고 싶을 뿐."

"에헴, 그것이……. 작년도 가뭄이었는데 이 정도는 아니었습죠. 하온데 올해는 정말 농사가 망했습니다."

"소출이 반 이하인가?"

"예, 예."

"이번에 황제께서 세금을 감했다는 이야기는 들었나?"

"아, 물론입지요! 그 덕분에 살 만합니다. 원래는 모든 소출을 세금으로 바쳐야 할 판이었는데, 나라님이 세금을 감해 주시는 바람에 굶은 사람들은 없는 실정입니다요."

"그런가."

"곳곳에서 폐하를 칭송하는 소리가 자자합지요."

"알겠다."

농부는 연신 허리를 굽히며 사라졌다.

순수하게 민심만 생각하면 세제 개편은 효과적이었다.

수탈이 일어나지 않더라도 2년 연속 흉작이 들었다면 굶어 죽는 자들이 속출했어야 한다.

하지만 타로스는 지금까지 이어 온 세제를 혁파해 버렸고, 그마저도 올해에는 감면을 해 주었다.

이런 조치가 아니었다면 민란까지 일어났을지도 모른다.

귀족들은 타로스가 드래곤을 죽여 버린 이후로 입을 닫고 있었으니, 전쟁 전까지는 별다른 문제가 일어나지 않을 것이라 여겼다.

타로스는 몸을 돌렸다.

"여관으로 간다."

일주일 내내 풍찬노숙을 했기에 기사들의 상태는 개판이었다.

거의 씻지도 못하고 식량도 떨어져 가기에 육포를 씹으며 달려왔다.

기사가 되기 전이라면 몰라도 황실 기사단에 속한 이후에는 이렇게 험한 대우는 받지 않았던 그들이다.

하지만 황제도 똑같이 노숙하고 육포를 씹었다. 그러니 기사들이 감히 불만을 제기할 수는 없다.

어쨌든.

기사들의 사기를 위해서라도 하루는 씻고 푹 쉬어야 했다.

도시에서 그나마 가장 좋은 여관을 찾았고, 타로스는 휴식을 선언했다.

"오늘은 마음껏 먹고 마시며 씻는다. 그리고 내일 아침에 출발한다."

"와아아아!"

기사들은 진심 어린 표정으로 기뻐했다.

노숙도 하루 이틀이지 일주일이나 이어지다 보면 멀쩡한 사람도 노숙자처럼 행색이 추레해진다.

한마디로 오늘 하루는 부대 정비를 하고자 함이니 도시를 돌아다니건 뭘 하건 자유라는 뜻이다.

타로스는 여기에 덧붙였다.

"호위는 레베카와 세실리아만으로 충분하다. 그나마도 2교대로 해라."

"네!"

씻고 싶은 것은 여기사들이 더 간절했기에 레베카와 세실리아도 굳이 거절하지 않았다.

드래곤도 죽이는 황제였는데, 이런 도시에서 무슨 변고가 일어날 거라는 생각은 하지 않았다.

타로스의 명령이 떨어지자 기사들은 본격적으로 여관의 식재료를 거덜 내기 시작했다.

원래 군인은 많이 먹는다. 그만큼 많이 움직이기 때문이다. 게다가 쉬지 않고 말을 타고 온 기사들이라면 혼자 5인분도 먹어 치울 수 있다.

그렇게 어마어마하게 먹어 대는 통에 여관 주인은 불안에 떨었고, 중간 정산을 해 주어야 했다.

한참 먹고 마시자 기사들은 어느새 긴장이 조금 풀어졌다.

남장을 하고 있는 여기사들도 잠시 흐트러졌는데, 여관에 있던 용병들이 그걸 캐치하고 시비를 걸어왔다.

"하하하! 영지의 미인들이 여기 다 모여 있었구나!"

"클클! 아가씨들! 이런 샌님들 말고 우리랑 노는 것이……."

쾅!

용병들이 몇 마디 하지 않았음에도 불구하고 웬 군대가 출동했다.

그야말로 순식간에 벌어진 일이었고, 당사자들인 여기사들도 어안이 벙벙한 표정이었다.

경비대는 바로 용병들을 체포했다.

"이놈들! 도시에 소란을 일으킨 죄로 구금하겠다!"

"뭐, 뭐라는……."

퍽!

"켁!"

경비대는 용병들을 무지막지하게 진압했다.

경비대장이 주변에 눈을 부라리며 외쳤다.

"도시에서 소란을 일으킨 범죄자들은 체포될 것이니, 모두 명심하라!"

"……."

그러고는 순식간에 여관을 빠져나갔다.

몇몇 기사들이 어리둥절한 표정으로 말했다.

"이게 대체 뭐지?"

"어……. 경비대가 이렇게 일 처리가 빨랐나?"

아니다. 분명히 아젠타 남작이 황제의 행차를 알아낸 것이다.

"마저 먹도록 해라."

"예, 공자님!"

밤새 타로스는 밖에서 수상한 자들이 여관을 둘러싸고 있다는 보고를 받았다.

그때마다 신경을 끄라고 일렀다. 영주가 나름대로 성의를 보이는 중이었으니까.

아침이 되어 보급을 위해 상점에 들렀을 때, 상인은 과도한 친절을 보이며 물건을 헐값에 판매했다.

기사들의 주머니를 노리는 소매치기들은 사전에 검거됐으며, 거리는 하루 사이에 더 깨끗해졌다.

아젠타 남작은 황제가 왔다는 사실을 알고 있었지만 잠행이라는 것도 짐작했다.

이런 눈치는 타로스를 흡족하게 했다.

유적이 발견되는 바람에 행적이 노출된 것이지만 이것도 나쁘지 않았다. 타로스가 끝까지 잠행을 고집하는 이상 대놓고 쫓아다니지는 않을 테니까.

이런 행동은 영지를 나오는 순간까지 계속됐다.

경비병들은 타로스 일행을 발견하자마자 몸을 빳빳하게 굳히며 부동자세를 취했다. 그리고 한 치의 흔들림도 없었다.

아무래도 기사가 경비병으로 위장한 것 같은 느낌이었다.

타로스는 무심한 얼굴로 경비병 앞에 섰다.

눈앞의 남자는 남작령의 기사단장일 가능성이 높았다.

"허, 허힘! 지나가십시오."

"고생하는군."

"여, 영광……. 아니 당연한 일이오."

경비병의 얼굴엔 식은땀이 주르륵 흘러나왔다.

여기서 조금이라도 실수하면 목이 열 개라도 남아나지 않는다는 사실을 잘 알고 있었기 때문이다.

타로스는 경비병에게 금화 몇 닢을 챙겨 주었다.

"뇌, 뇌물은 받을 수 없소!"

"받아라."

"아, 예……."

경비병은 공손하게 금화를 받아 들었다.

타로스를 수행하는 기사들은 간신히 웃음을 참고 있었다. 위장을 한다고는 했는데 상당히 어설펐기 때문이다.

"영주에게 메시지를 전해 주겠나?"

"말씀하십시오!"

경비병은 우렁차게 말했다.

지나가는 사람들은 이게 뭔 일인가 싶어 했지만, 귀족 가문의 도련님이라도 왔나 싶어 눈길만 한 번 주고 말았다.

타로스는 지나가는 투로 툭 내뱉고 돌아섰다.

"노선을 바꾸고자 한다면 서둘러라 전해라."

제15장
초공간 이동

비릿한 물 내음이 풍겼다.

타로스 일행은 라이너스 후작가에 진입하고 있음을 깨달았다.

"폐하! 저기 성채가 보입니다!"

"다 왔군."

아젠타 남작령에서 다시 일주일이 흐르고 나서야 항구 도시 리튼에 도착할 수 있었다.

그 시간을 거의 노숙으로 보냈기에 일행들의 행색은 다시 남루해졌다.

여기서 한 가지, 기사들이 감탄을 마지않는 것은 바로 황제의 행동이었다.

그 누구보다 호화롭게 살아왔으며, 그 세월이 300년 정도 되다 보면 전혀 노숙이 어울리지 않을 거라고 생각했는데 전혀 그렇지 않았기 때문이다.

두두두두!

일단의 무리들이 달려오고 있었다.

선두에서 무리를 지휘하는 자는 바로 라이너스 후작이었다. 그러나 어디서 주워들었는지 매우 남루해 보이는 용병들의 무장이었고, 그 숫자도 겨우 스물이다. 황제가 공식 방문을 한 건 아니라는 사실을 안 것이다.

라이너스 후작은 대표적인 황제파 인물.

그는 100미터 앞에 말을 세우고 달려왔다.

쿵!

그러고는 무릎을 꿇고 머리를 조아렸다.

"황제 폐하를 뵙사옵니다!"

"라이너스 후작, 잘 지냈나?"

"황제 폐하의 은혜가 온 제국에 미치는데 그 누가 설치겠사옵니까? 모든 것은 폐하의 은덕입니다."

타로스는 레베카를 바라봤다.

그녀는 라이너스 후작가의 차녀다. 애초에 랭턴 공작과 비슷한 목적으로 황제의 호위로 심어졌다.

지금은 절대적으로 타로스에게 충성을 맹세하고 있는 상태이며, 그녀는 진즉부터 가문에서 분리되었다.

"그래, 아버지와 해후하지 그러나?"

"아닙니다."

세실리아와는 다르게 오래 전부터 노선을 확실하게 정한 그녀였다. 황제에 대한 충성심도 대단했고.

그저 부녀(父女)는 눈을 마주치며 고개를 살짝 끄덕일 뿐이다.

"나름 조심한다고 하였는데, 어느덧 제국 전체에 소문이 다 난 것 같군."

"허허허, 긍정적으로 해석하면 그만큼 제국의 정보가 발달했다는 뜻이 아니겠사옵니까?"

맞다.

아무리 타로스가 조심을 한다고 해도 땅과 하늘에도 눈과 귀가 있다고 보는 것이 맞았다.

타로스는 후작의 몸을 일으켰다.

"황공하옵니다."

그러면서도 라이너스는 안절부절못하였는데 타로스로서는 그 이유를 물을 수밖에 없었다.

"왜 그러나?"

"도저히 풍찬노숙을 하는 폐하의 모습을 생각하기가 황망하여 그렇사옵니다. 제국의 백성들을 위하여 악을 처단하고 계신다는 소문은 들었사옵니다."

"그렇게 소문이 났군."

"예, 드래곤을 죽이고 맹독 스네이크를 죽이신 것까지,

제국 전체가 폐하께 이목을 집중하고 있습니다."

"쯧, 결국 잠행은 불가능한 것이었나."

"긍정적인 면도 있습니다. 은근히 소문이 퍼지면서 폐하에 대한 칭송이 자자하니 말입니다. 더욱이 금번에 실행한 세제 개혁이 실질적으로 백성들의 삶을 개선시키면서 시너지를 내고 있사옵니다."

타로스는 고개를 끄덕였다.

이건 긍정적인 효과다.

그저 지금까지 일급 기밀을 운운하였던 것은 바로 초감각과 초공간 이동 때문이었다. 두 신화를 완벽하게 얻어야만 그럭저럭 앞일을 헤쳐 나갈 수 있었다.

신화들을 제외하면 유물은 누가 강탈하려 한다고 해도 다시 찾을 수 있었다. 신화는 스킬이었기에 한 번 빼앗기면 찾아올 수 없으므로 신중을 기하는 것이다.

"폐하, 신이 연회를 준비하려 하였으나 그 깊으신 뜻을 헤아릴 수가 없어 그저 식사 준비만 했습니다."

"잘했다. 어디까지나 짐은 잠행을 하는 중이다. 그렇다면 끝까지 그렇게 가야지."

"물론입니다."

이제 와서 공식적인 행차를 하면 그 꼴이 우습게 된다.

제국 전체가 주시하고 있다는 것이 조금 민망한 일이 되었지만, 타로스는 원래부터 타인들의 시선은 신경 쓰지 않는 인물이었다.

"그럼 가지."

브론티아를 제외한다면 제국 중부에서 가장 발달한 도시가 눈에 들어온다.

서부의 패자인 랭턴 공작의 영지만큼은 아니었지만, 화려하게 들어선 건물들과 50미터 이상의 성채는 보는 이들로 하여금 대단한 위압감을 갖게 했다.

성문으로 다가가자 경비병들은 그저 고개를 숙일 뿐이었다. 어디까지나 황제가 잠행을 하고 있다는 말을 전해들은 것이다.

도시는 그래도 활기찼다.

흉작이 들었지만, 상업 도시들은 타격이 농업 도시 만큼은 아니었다.

더욱이 전쟁이 준비되며 외국에서 수도 없이 많은 물자들이 들어와 쌓이고 있었으므로 오히려 작년이나 재작년보다 더욱 많은 인원들로 붐볐다.

그런 모습을 눈에 담고 있던 황제가 후작에게 물었다.

"최근 제국의 정세는 어떻던가."

"폐하께서 행차하기 시작하시니 모두가 숨을 죽였고, 중립파에서는 어떻게든 폐하와 선을 대기 위하여 노력하고 있사옵니다. 신에게도 연결을 부탁한다는 청탁이 수없이 들어오고 있는 실정이지요."

"그랬던가."

"이는 당연한 일이옵니다. 폐하께서 회한의 세월들을 딛고 일어나셨으니, 제국은 그 뜻을 받들어야 하는 것이지요."

워낙에 황가에 충성심이 깊은 라이너스 후작이었기에 타로스를 띄워 주는 감이 없지는 않았지만, 그걸 감안하더라도 꽤 고무적인 성과다.

물론 황제의 휘하에 들고자 하는 자들이 진정으로 충성심이 있어 그러는 것은 아닐 것이다. 라이너스처럼 마음 깊이 충성하는 자들이 드물 뿐이었지, 원래 제국 자체가 강자에게 복속되는 경향이 있었다.

지금까지는 황제가 태업을 일삼는 바람에 내부가 엉망이 되었을 뿐이다.

타로스가 움직이고 힘을 증명하니, 다시금 정계가 요동칠 수밖에 없었다.

"최대한 끌어들이도록 하라."

"충성심이 증명되지 않은 자들이 있사옵니다."

"충성심이란 무엇인가. 그것은 군주가 신하에게 도리를 다할 때 얻을 수 있는 것이지. 짐이 도리를 다하고자 한다면 충성심은 자연스럽게 해결될 문제다."

"과연…… 폐하의 뜻이 그러하시다면 바로 진행하겠사옵니다."

정복 사업 이후에는 더욱 세력화가 고착될 것이다.

전쟁이 벌어지면 명백한 적이 생기고 황제가 친정하면 모든 귀족들이 황제의 명령을 받는다.

지휘 체계는 단일화가 될 것이며 황권은 강화될 수밖에 없었다.

친정의 효과는 이런 황권의 강화를 노리는 것이 대부분이다. 그러다가 비명횡사하는 왕들이 역사적으로 꽤 많았지만, 타로스가 초공간 이동만 얻게 된다면 최소한 죽을 일은 사라질 것이다.

영주성으로 들어서자 우렁찬 목소리가 울려 퍼진다.

"황제 폐하를 뵙습니다!"

기사들이 무릎을 꿇고 부복했다.

애초에 라이너스 후작 자체가 황가에 절대적인 충성을 바치는 자들이다. 그 주인에 그 기사들이라고 그들이라고 다를 바는 없었다.

타로스는 이번 잠행에서 가장 마음이 편해짐을 느꼈다.

"후작, 좀 씻고 식사를 했으면 하는데."

"물론입니다! 뭣들 하나? 폐하를 목욕탕으로 모셔라!"

"네!"

시종들이 총총걸음으로 달려왔다.

타로스는 그동안의 묵은 때를 벗기기로 했다.

후작의 집무실.

라이너스는 오랜만에 딸과 마주했다.

이미 5년 전부터 황제를 지근거리에서 호위하였던 그녀다. 처음에는 정치적인 목적이었으나 진심으로 황제를 따르게 된 그녀.

아마 그것은 황가에 대한 충심이 뼈에 새겨져 있었기 때문일 것이다.

후작이 딸에게 물었다.

"그래, 오랜 시간 폐하를 보필하니 어떻던가?"

"소문과는 다르셨습니다."

"어떻게?"

"상상을 초월할 정도로 강하시고 백성들을 사랑하십니다."

"허허허, 그래. 제국에서 강함보다 더한 미덕은 없지. 애민이야 항상 가지고 계셨던 마음이시고."

"아버님께는 죄송스러운 말씀이지만 이미 저는 가문을 떠났습니다. 서운해 마시길."

"허허허! 잘했구나!"

라이너스는 오히려 딸을 자랑스러워했다.

절대적인 충성이 무엇인지 라이너스도 잘 알고 있었다. 본인도 그랬으니까.

오직 황제의 칼이 되겠다는 맹세였으며, 그 어떤 적이

라도 쳐 죽이고 목숨을 바치겠다고 했다.

라이너스는 그 이상의 것을 묻지 않았다.

"폐하를 잘 보필하도록 해라."

"하지만 그분과 연인 관계가 될 수 있을지는……."

"괜찮다. 굳이 황후가 되지 않는다고 해도 네가 황가에 봉사할 수 있다면 그것으로 족하다. 지금 시점에서는 그리 중요한 일도 아니고."

"감사합니다."

"슬슬 가자꾸나. 폐하께서 나오실 때가 됐다."

"네, 아버님."

지금까지 노숙에 여관을 전전해 왔다.

그러니 기사들이나 타로스나 이만한 산해진미는 실로 오랜만에 구경하는 것이었다.

라이너스 후작이 허리를 굽혔다.

"많이 준비하지는 못했사옵니다."

"무얼. 육포를 씹는 것에 비할까. 모두 많이 들거라."

"존명!"

전투적인 식사가 시작됐다.

타로스는 그래도 황제의 체면이 있었기에 품위를 지키며 먹었다.

기사들도 그러기 위해 애를 쓰고 있었지만, 워낙 용병

처럼 여행을 해서인지 그게 쉽게 지켜지지는 않았다.

어느 정도 식사를 마치자 후작이 조심스럽게 물었다.

"폐하, 하온데 제국 내에서 돌고 있는 소문이 사실이옵니까?"

"어떤 소문 말인가."

"폐하께서 전쟁 전에 최대한 제국 내의 네임드 보스들을 쓸어버리려 한다는 사실 말입니다."

"일부는 그렇지."

후작은 황제가 제후들조차 처리하지 못할 괴물들을 처리하고 있다는 뜻으로 받아들였다.

괜히 전쟁에 나섰다가 후방이 불안해진다면 그보다 위험한 일은 없었으니까. 그렇기에 최대한 강력한 보스 몬스터를 사냥해서 위협을 줄여 놓는다는 것.

어떻게 보면 당연한 일이었지만, 예전의 타로스는 이 당연한 일을 하지 않았다.

"그렇다면 신의 영지에 오신 이유도."

"후작, 경의 영지가 가장 위험해 보인다."

"크흠, 그것은."

"에쉬드는 망자의 왕으로 불리지. 찾았는가?"

"외람되오나 몇 번이나 원정을 나갔었사옵니다. 그러나 그때마다 에쉬드는 찾지 못했지요."

"왜 그렇게 생각하나?"

"에쉬드는 대군을 보면 자취를 감추기 때문입니다."

"바로 그렇다."

망자의 왕 에쉬드.

후작령 북쪽 아령 산맥은 에쉬드의 영토나 다름없었다.

영지마다 금역이라고 지정된 것에는 저런 괴물들이 똬리를 틀고 있었다.

에쉬드는 구울 킹으로도 불렸으나, 지능을 갖추고 있는 언데드였다.

불리하다 싶으면 도주한다. 그러다가 다시 자신이 유리해지면 공격한다. 이러한 패턴의 반복이었기에 라이너스 후작은 어느 순간 포기를 해 버렸다.

그렇다고 소수로 에쉬드를 상대할 수 있느냐 하면 그것도 아니었다. 라이너스 본인조차 에쉬드와의 전투에서 승리할 수 있을지 알 수 없었다.

"이번에 처리하지."

"그것이 가능할지⋯⋯."

"짐이 직접 간다."

"그, 그런 황망한⋯⋯."

"제후만 둘에 로빈슨 경도 있지. 잡지 못할 거라고는 생각되지 않는다."

란투스 자작이 일어나 허리를 굽혔다.

신궁이라고도 불리는 란투스 자작이 함께한다면 좀 더

일이 쉬울 것이다. 여기에 비밀 병기 제이나도 있었다.

에쉬드를 놓치는 경우라면 상처를 입은 경우를 생각할 수 있었다. 그리고 상처를 입었다면 결코 제이나가 놓치지 않을 것이다.

"허허허, 모험가들처럼 파티를 구성하는 것이로군요!"

"그렇다고 봐야지."

"벌써 기대가 되옵니다."

황제가 나서서 해결할 수 없는 일은 없다.

그야말로 언데드 밭으로 알아서 걸어 들어가는 격이었지만, 황제가 함께하는 이상 패배한다는 건 있을 수가 없었다.

타로스는 드림 팀을 구성했다.

"짐과 두 제후, 기사단장, 그랑카인 후작, 제이나와 세실리아, 레베카만 간다."

이제 드디어 초공간 이동 스킬을 얻을 때가 됐다.

§ § §

금역이 금역인 이유는 반드시 존재한다.

이곳 아령 산맥은 전역에서 죽음이 감도는 곳이다.

대낮에도 검고 탁한 먹구름들이 잔뜩 끼어 있어 어두웠으며, 곳곳에 존재하는 묘지들에서는 툭하면 언데드 몬스터들을 쏟아 냈다.

죽여도, 죽여도 계속해서 조립되는 스켈레톤은 아예 태워 버려야 했으며, 강화된 좀비라고 보아도 좋은 구울은 느리지만 강력한 파괴력을 선사했다.

한 개체, 한 개체를 놓고 보면 그다지 위협적이지 않았지만 떼로 몰려들면 진땀을 빼야 하기도 했다.

그런 대규모 몬스터 웨이브 때문에 마법사를 데려온 것이기도 했다. 그것도 전 대륙에서 손에 꼽아 주는 마탑의 탑주 출신의 그랑카인 후작을 말이다.

"지옥의 겁화. 파이어 필드!"

콰드드드드득!

-끼에에에엑!

사방 수십 미터가 화염에 휩싸이며 거대한 회오리 구름을 만들어 냈다.

마치 원자 폭탄에 맞은 형상처럼 버섯 모양의 화염이 치솟았는데, 사정권 안에 존재하는 모든 언데드들이 그 안으로 빨려 들어가며 시커멓게 타 죽었다.

세실리아가 한마디를 툭 내뱉었다.

"마치 세상에 종말이 도래한 듯하군요."

"정확하게 보았구나. 이곳은 죽은 땅이다. 이미 종말이 도래한 지 오래지."

혹자는 대륙을 인간이 완벽하게 정복했다 말하겠지만,

그건 말도 안 되는 소리다.

이 세상에는 마경으로 불리는 위험 지역들과 독지대로 불리는 죽음의 늪, 혹한의 빙하라 불리는 북극, 죽음의 대 사막으로 불리는 사막 지대가 존재한다.

인간은 도저히 살아갈 수 없을 정도의 환경이었으나 각 종 맹수들과 몬스터들이 우글거리는 지대가 꽤 있었다.

이는 플레이어의 시련을 위하여 기획된 곳이었으나, 이 세상 사람들의 입장에서는 도대체 왜 생겨났는지 이해 불 가의 금역으로 통했다.

이곳 아령 산맥도 마찬가지였다.

완전한 죽음으로 뒤덮여 도저히 지배할 만한 가치가 없 었으며, 위험을 없앤답시고 수차례나 파병을 하였으나 성 과가 거의 없었다.

결국 금역으로 지정하고 성벽을 두르는 것이 최선책이 었다.

시커멓게 죽은 땅에는 사체들이 즐비했다.

"아무래도 점심을 제시간에 먹기에는 글렀군."

"그렇사옵니다, 폐하."

"다른 곳을 찾도록 하지."

서걱!

푸확!

세실리아가 갑자기 튀어나온 구울의 목을 검기로 날려버렸다.

내심 놀라기는 했지만, 타로스는 그 특유의 권태로움을 계속해서 유지하고 있었다.

언데드의 숫자가 너무 많다는 것이 문제였지만, 그렇다고 전진하지 못할 지경은 아니었다.

이곳에 모인 자들은 제국의 강자들이라고 불려도 손색이 없는 사람들이었다. 특히나 마법사의 존재는 어떤 대량의 몬스터를 만나더라도 든든할 정도다.

그 말인즉, 아직까지는 타로스가 직접 검을 들 일이 없다는 뜻이기도 했다.

벌써 3일 내내 금역을 헤집고 다녔다.

금역의 보스인 에쉬드는 산맥 중심부에 서식한다.

데스 나이트 두 기를 호위로 사용하며 불리할 때에는 도망쳤다가 기회를 엿보아 기습을 하기도 하는 까다로운 보스다.

이번에 얻을 신화는 에쉬드의 몸에 내장되어 있었다.

즉, 죽이고 난 이후에 핵을 찾아 스킬을 흡수해야 했다. 그러니 에쉬드를 찾기 전까지는 절대 이곳을 나가지 않을 작정이었다.

겨우 맞이한 점심 식사 시간.

타닥타닥.

모닥불이 타들어 간다.

다들 썩은 냄새가 진동하고 있었고 분위기는 우중충했다.

물론 절망적인 상황이라 그런 것은 아니었고, 숲 자체가 마이너스적인 기운을 발출하기에 그런 것이다.

"짐 때문에 고생이 많군."

"아니옵니다. 영광스러운 시간이옵니다."

라이너스 후작이 감격스러운 표정으로 말했다.

골수까지 황가에 대한 충성으로 가득 차 있는 라이너스 후작은 그리 말했지만 다른 사람들의 표정은 썩 좋은 편이 아니었다.

하지만 황제가 직접 함께하고 있었기에, 티를 내지 못하고 있을 뿐이다.

타로스는 이번 원정의 중요성에 대해 다시 한번 이야기했다.

"제국 내에서 다른 보스는 몰라도 에쉬드는 반드시 처리를 하고 전쟁에 나서야 한다. 놈에게는 다른 몬스터들이 가지고 있지 않은 지능이 있기 때문이다."

사람들은 고개를 끄덕였다.

스스로 언데드를 불려 나갈 수 있는 능력이 있는 에쉬드는 상황에 따라서는 재앙급의 몬스터였다.

지금이야 성벽 안에 갇혀 있기에 밖으로 진출하지 못하

고 있었지만, 만약 한 영지가 먹히게 되면 그 안에 존재하는 모든 생명체들은 언데드로 변한다.

이를 두고 대륙에서는 언데드 사태라는 표현도 썼다. 언데드 몬스터에게는 전염력이 있었고 순식간에 수많은 군대로 불어나기도 했으니까.

그러한 위협은 사전에 차단한다.

만약 이번에 에쉬드를 처치하지 못하면 몇 년 안에 후작령은 정말로 멸망한다. 그렇게 기획되었기에 필연적으로 일어날 일이다.

그걸 알고 있는 타로스의 입장에서는 굳이 스킬이 아니더라도 에쉬드를 처리해야 했다.

'라이너스와 그랑카인이 아니었으면 힘들 뻔했군.'

그 둘은 누구보다 앞서서 적들을 처리했다.

라이너스의 온몸이 썩은 피로 도배되어 있는 것은 그런 이유였다.

잠시 시간이 나자 타로스가 입을 열었다.

"아마 200년 전이었을 것이다."

"……."

사람들의 시선이 타로스에게 쏠렸다.

많은 사람들이 기억하고 있는 제국의 흑역사. 이건 타로스 황제의 흑역사이기도 했다.

"8대 라이너스 후작은 매우 용맹한 기사였지. 그 당시에는 후작이 아닌 자작으로 기억한다."

라이너스 후작과 레베카는 고개를 끄덕였다.

지금 있는 사람들 중 누구보다 가문의 역사에 정통한 자들이었다. 물론 그것이 세상을 창조한 타로스 만큼은 아니었다.

"200년 전, 라이너스 가문이 흔들렸던 적이 있었다. 이 곳 금역의 토벌이 끝난 직후에 일어난 일이었다."

타로스는 담담하게 그때의 이야기를 시작했다.

실제로 그 일을 겪었던 사람처럼 아련하게 말이다.

200년 전, 라이너스 가문에 역병이 돌았는데, 그것이 언데드 사태 때문이라는 사실을 황제는 알아차렸다.

중앙군 3만과 영지군 2만이 모여 대규모 원정에 나섰고, 완전히 영지는 평정된 것처럼 보였다.

그러나 이후 몇 달이 지나지 않아 언데드 사태가 재발했고, 라이너스 가문은 거의 멸문할 뻔했다.

"그때, 가문을 끝까지 지켜 낸 사람이 바로 8대 라이너스 가주이다. 그로 인하여 제국 전역으로 사태가 번지지 않았다. 그리하여 자작가는 후작가가 됐지."

라이너스 후작과 레베카의 눈에 자부심이 어렸다.

제국을 구해 낸 공으로 지금의 위치까지 왔다.

"자작을 후작으로 올리기 위하여 짐의 비기 하나를 전수했다. 그것이 바로 후작가에서 대대로 이어져 내려오는 스톰 스워드다. 다행히 가문 대대로 검술에 재능이 있어 아직까지 가문이 무너지지 않고 있는 것이다. 재발 당시에 데몬 리치를 죽였으나 오랜 시간이 흘러 이제는 에쉬드가 자리를 잡게 되었구나."

사람들의 눈이 반짝였다.

원정대는 제국을 구하기 위하여 이곳에 왔음을 설파한 것이다.

황제가 보기에도 에쉬드는 위험한 존재였기에 이번 참에 뿌리를 뽑으려 하는 것으로 보였다.

"전쟁이 시작되면 후방에 신경을 쓸 수 없다. 이것이 짐이 여기까지 온 이유이다."

"황은이 망극하옵니다, 폐하!"

라이너스 후작은 감격에 몸을 떨었다.

순전한 거짓말이었지만, 충성심이 골수까지 박혀 있는 라이너스 후작은 눈물까지 쏟을 기세다.

'잡은 고기에 밥을 주지 않는 것만큼 어리석은 짓도 없지.'

굳이 역사를 꺼낸 것은 정치적인 수이기도 하다.

사람은 있을 때 잘해야 한다. 조금이라도 의심의 싹을 틔우게 하는 건 어리석은 짓이다.

레베카는 오직 타로스 개인을 위하여 충성하였으나, 황제는 라이너스 후작가가 충신임을 다시 한번 확인시켜 주었다.

이로 인하여 레베카와 라이너스 후작이라는 두 마리 토끼를 모두 잡을 수 있는 것이다.

대충 식사를 마쳤다. 그냥 꾸역꾸역 음식물을 쑤셔 넣는 수준이었지만 나름 운치 있는 이야기도 했고 말이다.

"다시 출발한다."

금역을 들쑤시고 다닌 지 일주일이 흘렀다.

이제는 방향 감각조차 흐릿해지고 있었다. 제이나가 아니었다면 진즉에 포기했을 것이다.

타로스는 금역의 중심부에 들어왔다고 느꼈다.

더욱 짙은 어둠이 내렸고, 일행들은 이제 희미한 빛에 의지한 채 전진을 해야만 했다.

기온은 급격하게 떨어졌다.

11월이라고는 해도 이렇게 빨리 얼음이 얼지는 않는다.

수통의 물은 녹이지 않으면 먹지 못할 수준이 됐다.

에쉬드는 주변을 빙결시키는 고유 스킬을 보유하고 있다. 그러니 충분히 지금의 추위가 에쉬드 등장의 전조 증상임을 이야기할 수 있었다.

"이제 곧 도착한다."

"드디어!"

일행은 감격에 젖었다.

드디어 이 지긋지긋한 일이 끝난다는 뜻이었다.

끝내 일행은 에쉬드의 서식지에 도착했다.

거대한 동굴이 입을 쩍 벌리고 있었으며 그 앞은 너른 공터였다.

무덤들이 즐비하게 깔려 있음은 물론이고, 기분 나쁜 끈적끈적한 공기가 흘렀다.

나무들은 모조리 죽어 있었으며, 그들이 도착하자 무덤에서 수많은 언데드들이 일어나기 시작했다.

―어리석은 인간들아! 재물이 되어라!

"에쉬드입니다!"

"드디어 나왔는가."

에쉬드는 무려 인간의 언어까지 구사하고 있었다.

쿠구구구!

임팩트 효과인 것인지 하늘이 떨어 울었으며, 구울들이 하늘을 향하여 괴성을 질러 댔다.

―꾸에에엑!

―끼에에엑!

고막이 찢어질 정도의 소리가 분지를 가득 채웠다.

에쉬드는 도망가지 않았다.

군대가 쳐들어온 것도 아니고 척 봐도 모험가들이 들어온 것 같은 모습이었다. 게다가 오랜 수색으로 행색이 초라하기까지 하였으니 더욱 만만하게 보았을 것이다.

그 자체가 에쉬드의 실책이기도 하였지만.

타로스는 데스 나이트 두 기와 에쉬드를 번갈아 보았다.

'라이너스 후작이 데스 나이트들을 처리할 수 있을 것 같은데. 수많은 언데드들은 그랑카인이 처리를 하고, 세실리아와 레베카는 나를 보조하게 해야겠군.'

계획이 세워졌다.

세실리아와 레베카가 보조를 하게 한 것은 에쉬드의 온몸을 둘러싸고 있는 실드 때문이었다.

어떻게든 틈을 만들어야 마력을 박을 테니까.

데스 나이트 LV. 91
어둠의 기사

에쉬드 LV. 97
망자의 왕

과연 네임드 몬스터다운 레벨이다.

스르릉.

타로스는 정말 오랜만에 검을 뽑았다.

그 누구도 황제가 패배할 거라는 걱정은 하지 않았다. 드래곤까지 죽여 버리는 황제가 죽는다는 것은 말도 되지 않는 일이었으니까.

스스슷!

"저, 무슨!?"

에쉬드가 어마어마한 속도로 타로스에게 쇄도하였다. 일행들이 타로스를 호위할 틈이 없을 정도의 속도였다.

타로스는 이것이 초공간 이동이라는 것을 깨달았다. 놈의 특수 능력이었다.

주변이 얼음장처럼 차가워졌다.

앱솔루트 배리어의 발현과 에쉬드의 공격이 시작된 것은 거의 동시였다.

콰앙!

에쉬드의 눈에 이채가 흘렀다.

다 썩어 문드러진 후, 차갑게 얼어 버린 눈동자가 떨렸다.

지능이라는 것이 있는 놈이기에 도주할지 말지 생각하는 것이다. 그러나 그 틈을 놓칠 타로스가 아니었다.

시간이 축 늘어진 듯 느리게 흘렀다.

초감각의 발현이었다.

『황제는 살고 싶다』 2권에서 계속